© 2022, Jack Tengo
Herstellung und Verlag: BoD – Books on Demand, Norderstedt
ISBN: 9783756205745

Mein Name ist Döppke

eine sammlung Kurzgeschichten von Jack Tengo aus der Döppke Reihe

Vorwort Jack Tengo

Guten Tag und Glück Auf
Als ich anfing diese Geschichte zu schreiben, kam mir die Idee
in einem Traum, als ich schwer krank war und ins Krankenhaus
musste. Ich träumte immer wieder den Anfang und das über
mehrere Wochen hinweg, so dass ich, als ich wieder Entlassen
wurde nach einer doppelseitigen Lungenembolie, weiter
schrieb. Erst 6 Monate später in Richtung Herbst 2018 schrieb
ich die Geschichte zu Ende und nun gehen wir auf eine Reise
in
den Kohlenpott, dem Ruhrgebiet, irgendwo in eine Siedlung,
die
fast überall sein könnte. Hier trägt man das Herz auf der Zunge
und manchmal den Kopf unterm Arm, je nach dem, was gerade
Sache ist. In diesen Geschichten geht es um Dieter Döppke, der
zu Unrecht 40 Jahre in Haft saß und keinen Kontakt zu seiner
Familie oder seinen Freunden haben durfte. Als er entlassen
Wurde, geht er in die Siedlung, wo er früher lebte. Er erkennt
vieles wieder und kommt mit der modernen Technik noch nicht
auf Anhieb klar, aber er lernt dazu. Seine Familie und seine
Freunde haben ihn nicht vergessen und warten auf ihn. Ob es
ein
Happy End gibt, könnt ihr hier lesen. Also viel Spaß wünscht
euch euer Jack Tengo.

Zum Autor

Jack Tengo ist ein am 05.03.1981 in Werne geborene Autor nimmt als Hobbysprecher Hörspiele auf.

Darüber hinaus schreibt er nicht nur Skripte für Hörspiele, sondern auch Kurzgeschichten sowie Comedy Programme Macht Musik und betreibt seit einigen Jahren einen Youtube Kanal in dem man Diverse Musikstücke sowie kurzgeschichten findet auch Gaming wird Thematisiert. Bemerkenswert ist, dass er zwar Legastheniker ist, sich davon aber nicht aufhalten oder eingrenzen lässt.

In der Anthologie Tathergang 3 Rachedurst veröffentlichte er seinen ersten Kurzkrimi.

Jack Tengo hat 2001 seine Lehre zum Gartenbaufachwerker abgeschlossen, musste diesen Beruf aber aus gesundheitlichen Gründen aufgeben.

Am 01.04.2019 veröffentlichte Jack Tengo gemeinsam mit der Autorin Renate Behr sein erstes Buch mit dem Titel Rechtschreibung Linksschreibung Unrechtschreibung was Das Thema Legasthenie erstmals aus der Sicht eines Betroffenen zeigt.

Inhalt in Kapitel

- 1-3 geschrieben von 2018-2021

Kapitel 1 mein Name ist Döppke

In der Kneipe

Döppke: "Sagt mal, von Euch kennt auch keiner mehr richtige schöne Kneipenlieder?"
(stimmt ein paar an)

Kurze Blende

Döppke: "So nun ist gut. Wir sehen uns heute Abend, wenn wir regulär öffnen:

"Döppke geht raus und schließt die Kneipe ab, blickt in die Siedlung und spricht zu sich selbst.

Döppke: "Ach Döppke, das hättest Du Dir Dein Lebtag nie vorgestellt. Damals begann alles hier und nun 40 Jahre später, bin ich wieder hier und frei. Ich kaufe direkt eine Kneipe, bin Vater, sogar Opa. Ich muss mich erstmal setzen."

Kind ruft: "Bist Du mein Opa?"

Döppke: "Du, das weiß ich nicht. Wer sind denn Deine Eltern?"

Kind: "Da, da kommt meine Mama und die Oma!"

Döppke: "Ah, Deine Mama ist also die Hanna und Deine Oma die Helga. Ja, dann bin ich ja wirklich Dein Opa, Juhuuu."

Helga: "So, Dieter, jetzt komm erstmal an und danach erzähl uns, was damals passiert war und eben."

Döppke: "Gerne, aber dazu brauche ich ein leeres Schreibheft und ein Stift. Ich will es nie wieder vergessen."

Döppke: "Also, bei uns war es damals so. Nach der Schicht ging es zum Jupp in die Kneipe. Da waren schon alle anderen. Nach ein paar Runden ging das Telefon bei uns zu Hause. Jupp rief Mutter an, wir sollten den Opa abholen. Sie schickte mich los, um ihn zu holen. Die Tür war auf, die Lieder schallten mir mit dem Alkoholgestank entgegen. Ich ging rein zu meinem Vater und er war auch schon angeschossen."

Jupp: "Hey, Dieter, mein Junge, an willste ne Cola?"
Döppke: "Gerne, danke, Jupp."

Jupp: "Na wenigstens sagst Du nicht Herr Ebermann."

Döppke: "Ich bin eben so erzogen."

Jupp: "Das ist auch gut so und gleich bleibste direkt hier."

Döppke: "Warum denn das? Kann ich was helfen?"

Jupp: "Ja, so in der Art, aber erst trink in Ruhe aus und dann bring mal mit Klaus den Opa nach Hause!"

Döppke: "Alles klar, machen wir so, Papa, gleich Opa wegbringen, ja?"

Klaus = Vater lallend: "Jo, dat mach mal dann und wie war die Schule oda watt machste jetzt noch ma?"

Döppke: "Ich fang doch nächste Woche aufe Zeche an!"

Klaus: "WAS??? Nee, ne, dat kann doch nich, Jupp 2 Kurze, mein Bengel fängt nächste Woche aufn Pütt an."

Jupp: "Nun Klaus, ich denke, aus ihm könnte mehr werden. Der ist nicht dumm und hat das richtige Gespür."

Klaus: "klar, da hasse recht, aba lass ne ma ruhig runter, 40% aller, die runterfahren, kommen freiwillig hoch und bleiben da auch, er vielleicht auch und zack."

Jupp: "So, Dieter, dann trink mal aus und bring mir den Opa gut nach Hause, bis gleich. Ich ruf beie Mama an, dass Du hier bleibst mit dem Papa!"

Klaus: "Komm Döppke, bringen wir den Alten weg und Hopp, Du links und ich rechts, auf geht's."

Nachdem Vater und Sohn den Opa nach Hause gebracht hatten, meinte der Vater überraschend:

Klaus: "Hier haste nen 50er, zahl mal beim Jupp."

Döppke: "Total überrascht rannte ich die Treppen runter und geradeaus zu Kneipe und ging hinein."

Jupp: "Na, wo hast Du denn den Alten gelassen?"

Döppke: "Der ist zu fertig, hier damit soll ich zahlen!"

Jupp: "Ja gut, mach mal die Tür zu und dann reden wir mal, da Du ja aufe Zeche willst!"

Döppke: "Ja, das will ich auch, so, Tür zu."

Jupp: "Gut, nimm Dir mal das Bier da und schau es Dir an."

Döppke: "nun es perlt und ist gelblich."

Jupp: "Gut und nun probier es mal. Keine Angst, hat noch leiner draus getrunken."

Döppke: "Das sehe ich ja, kein Abdruck von Lippen und der Schaum ist weniger, aber gleichmäßig."

Jupp: "alle Achtung, du verblüffst mich, jetzt probier."

Döppke: "Mehr Schaum, mehr Perlen, also Kohlensäure und ahhh kälter."

Jupp: "Sehr gut, mein Junge, jetzt komm zu mir hinter die Theke. Im Bergbau sind die Wetter das Wichtigste und hier, das ist das Wichtigste an der Theke. Das ist das Modernste, hier aufschließen, da anschließen, aber das mir am Wichtigsten ist, was man nicht weiß und das ist da hinter den Kühlkammern, aber hier erstmal Deine Cola, dass die Mama die Bierprobe nicht riecht.

Döppke: "Danke, die Kühlung ist wirklich interessant."

Jupp: "Ja, aber nun nach Hause, wird Zeit jetzt und hier, Dein Wechselgeld fürn Alten."

Döppke: "Danke Jupp, bis dann."

Jupp: "So, nun ist es gut heute, 3700 DM mit Abzügen 250 DM, ja Strom 210 DM, ok, sieht gut aus, so nun Einnahmen in den Safe neben der Kühlung und zack, Jalousien runter. Ah, nun ist er bei sich und oben angekommen. Alle Jalousien runter, so Gitter auch und Türe zu, ach, da liegt ein 5er, na ab in die Ehrlichkeitsbox damit, morgen kommt wieder einer an, hab ich hier meinen 5er verleg…."

Helga Unterbricht die erinnerung kurz

Helga: "So, was dann auch hier los war, weißt Du ja nicht. Du wurdest ja früh morgens abgeführt. Jupp wollte gerade abschließen da."

Jupp: " Nanu, Stimmen an der Hintertür? Was ist denn da los? Ich schau mal eben durchs Seitenfenster, zwei Typen mit nem Knüppel und in der Hand Masken. Na dan ruft ich mal die Polizei an
(wählt 110)

Jupp: "Ja, hier Jupp Ebermann von der Kneipe Zechenstraße. Hinter der Kneipe sind 2 mit nem Knüppel, die warten wohl auf mich. Kommen Sie mal schnell, ja nur 5 Straßen weiter. Ich will hier keine Bambule ….. ok 5 Min. Passt."

Helga: "Wenig später war die Polizei da und hat Beide mitgenommen. Jupp wollte wissen, wer sie beauftragt hat, um einen offenen Brief in die Zeitung zu setzen, an den Wirt, der die Beiden angeheuert hat und da keiner was sagte, ging er am nächsten Morgen zu Wache und wollte sich erkundigen, ob sie schon verraten hatten, wer der Auftraggeber war. Und da sagte der Heinz nur: vergess erstmal die Beiden. Hast Du das vom Döppke mitbekommen? Und erzählte ihm, dass sie Dich bezichtigten, den alten Badjoske hinterrücks erschlagen und beraubt zu haben. Der Jupp berichtete sofort, dass Du sowas nicht machst und dass er gesehen hat, wie Du von ihm aus nach Hause gegangen bist, aber das nutzte ja nichts. Der Richter war ja voreingenommen. Die ganze Siedlung stand vor dem Gesichtsgebäude, vorne weg Jupp und Dein Vater, nur Heinz war es zu verdanken, dass keiner verhaftet wurde. Jupp sagte auch, das Einzige, das ihm auffiel, dass Du mit den Masken etwas aneinander geraten bist. Was war da eigentlich los?"

Döppke: "Ganz einfach, Bernd und der Anton wussten, dass wir zusammen waren und der sagte: Dass ich mal schön aufpassen sollte, das, wenn ich Untertage bin, Dir nichts passiert und dass er ein Auge auf Dich geworfen haben könnte. Aber ich sagte den Beiden nur, dass sie sich fernhalten sollen, sonst würde ich zur Polizei gehen und sie anzeigen. Aber da war jemand wohl dagegen."
Hannah: "Erzähl mal, wie es war, als Du raus kamst!"

Döppke: "Also das war so. Gestern bekam ich Bescheid, dass meine 40 Jahre nun herum sind und ich machte mich fertig, wurde entlassen, hatte ja etwas Geld verdient und war oder bin praktisch Obdachlos, wenn es danach geht. Aber ich kann mir ein Zimmer mieten. Dann nahm ich meinen ganzen Mut zusammen und fuhr mit der Bahn zum Hbf und nahm den Bus bis nach hier. Da sah ich Jupps Kneipe und sagte: es hat sich so viel verändert, das ist geblieben, da gehste rein. Ich saß am Fenster, trank meine Cola und dann fing plötzlich der Wirt mit seinem Schwager an zu sprechen. Dass er die Kneipe los werden will und die Kühlung klemmen täte. Da bin ich hin und bot meine Hilfe an. Wenn es noch die gleiche Kühlung ist, kannte ich sie ja. Er meinte nur, 50 Jahre, zu alt, also hatte ich Glück. Er ließ mich helfen. Ich machte die Tür auf und stellte die Kühlung niedriger. Da der Wirt sagte, dass das Schloss klemmt, machte ich auch das gängig, dabei viel mir eine

Schublade im hintersten Winkel mit einem Schlüssel auf, den drehte ich und fand Papiere, die ich dem Wirt gab. Er war ebenso erstaunt wie ich, dass da was versteckt war. Dann fand er den Brief und fragte mich, da ich ja mal hier lebte, ob ich einen Döppke kenne. Da machte ich große Augen und sagte: Ja, das bin ich und er gab mir den Brief und sagte, dass der wohl für mich sei. Die Beiden unterhielten sich weiter wegen dem Kneipenverkauf. Ich öffnete den Brief und las, was Jupp geschrieben hatte und mir kamen das erste Mal seit langem die Tränen. Als ich nochmal in den Briefumschlag schaute, sah ich 20.000 Euro in verschiedenen Scheinen (kramt den Briefumschlag heraus.)
Hier schaut, ich flunker nicht, das war von Jupp sein Letztes, was er gespart hatte. Er hatte ja keine Erben und das sollte meine Absicherung sein. Das Datum 27.03.2000.

Helga: "Das ist ja genau eine Woche vor seinem Tod gewesen, 14 Jahre her, ich bekomme Gänsehaut."

Döppke: " Die habe ich auch und ich fragte den Wirt, wie viel er für die Kneipe wollen würde und er meinte, so 10.000 ist sie wohl noch wert. Er lachte und ob ich bar zahlen wollte. Da nahm ich zum Schein mein Portemonnaie vor den Briefumschlag, nahm das Geld heraus und fragte: Bekomme ich bei Barzahlung etwas Rabatt?

Da vergingen den Beiden das Lachen und sie staunten nicht schlecht. Der Bruder, wohl Notar ist, sagte nur: ich mache sofort die Papiere fertig, geb Du die Schlüssel ab und die Pinte bist du los und mach 8.000, denk an die Bruchbude, die dazu gehört. So kam ich zur Kneipe, nachdem ich alles unterschrieben hatte, sein Computer zum Klappen passte zum Drucker in der Ecke. Nachdem ich die Schlüssel hatte, ging ich raus und da lief mir Anton Maschke über den Weg."

Anton Maschke: "Sandra, lauf mal zum Onkel Bernd und sag ihm, dass der Döppke wieder da ist. Das sollen ruhig alle wissen, was Du Dich traust, Döppke, nach 40 Jahren, Du hast schneid."

Döppke: "Ich habe wenigstens ein gutes und ruhiges Gewissen, da ich weiß, ich bin unschuldig und das kann mir keiner nehmen. Auch dass dies meine Heimat ist, mein Revier, die Siedlung hier, haben unsere Großeltern gebaut und hier bleibe ich, genau wie Du."

Anton Maschke; "Du hast mich nicht mal erkannt, Döppke. Ich bin Anton Maschke und Du hast echt Mut oder bist verrückt und jetzt lass mich vorbei.
Da kommen die anderen, jetzt wirst Du sehen, was Du von Deinem Mut hast."

Döppke: "Ich habe mir nichts vorzuwerfen und sollten mich alle wegjagen, kommt doch alles irgendwann zu Gerechtigkeit. DAS ist MUT, Maschke, das kann nicht jder. Schönen Tag Dir noch."

Anton Maschke: "Danke, und glaub mir, nicht nur Du hast Mut."

Horst: " Nee, ne, Dieter, altes Haus, nach 40 Jahren, lass Dich drücken und lass Dir nix vom Maschke sagen, der ist immer noch bekloppt. Komm mal mit, da wartet wer auf Dich."

Döppke: "Wer denn?"

Horst: "Helga, die wird sich freuen."

Döppke: "Was??? Nein, das nicht, vergiss es, das kann ich nicht."

Horst: "Oh doch, das ziehst Du jetzt durch, Dieter."

Döppke: "Ich kann das nicht, jetzt da auftauchen!"

Horst: "Doch, sie redet ja davon, dass sie Dich sprechen muss, wenn wer Dich sieht und nun bist Du dran."

Döppke: "Lass mich, nach 40 Jahren, was soll sie mir sagen, außer, was für eine Enttäuschung ich bin oder so."

Horst: " Warte mal ab und halte den Ball flach, so ich klingel mal…"

Döppke: "Horst, lass mal, besser nicht jetzt!"

Horst: "Ich bin es, Helga. Du, der Dieter ist frei und hier, wenn Du Zeit hast. Nu ist Zeit."

Helga: "Echt? Ich bin sofort da, Horst, Danke!"

Horst: "So, nun kommt Deine Meisterprüfung."

Döppke: Oh Mann, nun werde ich zerfleischt."

Helga: "Der Dieter, na Du Schwerverbrecher, komm in meine Arme. 40 Jahre musste ich warten, um Dich zu sehen. Im Knast haben sie mich ja 15 Jahre nicht rein gelassen."

Döppke: "Was, Du zerfleischt mich nicht? Und mir sagten sie, dass nie einer da war, außer mein Vater bis 1981, nicht mal zur Beerdigung durfte ich."

Helga: "Ja, das wissen wir. Der Richter hatte eine Kontaktsperre für die vollen 40 Jahre angeordnet für alle Nichtfamilienmitglieder."

Döppke: "Achso, das sagte man mir nie."

Horst: " So ich geh mal, bis später, ich warte unten auf dich, Dieter."

Döppke: "Ja, ok, bis gleich!"

Helga: "So nun muss ich Dir was sagen, das Dein Leben etwas aus den Fugen heben wird, 40 Jahre sind ja lang und da kann viel passieren und…."

(Döppke hebt die Hand und unterbricht)

Döppke: " Ja, Du hast geheiratet und so weiter. Das war abzusehen. Ich binja nichtvon gestern, naja irgendwie schon nicht dumm….."

(Helga unterbricht)

Helga: "Na, lass mich ausreden, wie früher, nie kannst Du warten, da hat sich Gott sei dank nichts geändert. Also ich hoffe, Du sitzt gut…..(atmet tief ein…)

Du bist Opa und somit auch Vater."

Döppke: "Nein, was, wie???"

Helga: "Ja, ich war schwanger von Dir. Das ist in der Verhaftungsnacht passiert, die Pille hat versagt und ich konnte es Dir ja nichts sagen und Dein Vater glaubte mir ja nicht. Du hast eine Tochter und eine Enkeltochter. Hannah hatte gestern noch gefragt, ob Du schon entlassen worden bist. Ich rufe sie gleich an."

Döppke: "Hannah…. Und wer hat sie mit Dir großgezogen?"

Helga: "Ich alleine. Ich hatte ja keine Zeit, immer nur Arbeit, dann meine Eltern gepflegt bis zum Schluss und eben Hannah, bis sie auszog. Nun kümmere ich mich um die Kleine, morgens. Wir wohnen ja alle hier im Haus, da passt das. Ich kann ja nicht mehr arbeiten, seit die Kleine da ist, außer mal Putzen, das ist nun mein Beruf."

Döppke: "Klar, das versteh ich. Wie heißt denn die Kleine?"
Helga kramt Bilder aus der Ecke.

Helga:"Luisa ist das, hier die Bilder der Beiden."

Döppke: "Die haben Deine Nase und Deine Ohren."

Helga: "Und Dein Gesicht und Deine Ungeduld" (lacht)
Freizeichen

Helga: "Ja, Mama hier. Du, er ist frei und hier, er wartet auf Euch oder?"

Döppke: "Ja ich warte, ich warte" (in Gedanken unaufmerksam)

Helga: "OK, Hanna, bis gleich. Essen ist fertig."

Döppke: "Kommt sie gleich?"

Helga: "Ja klar, habe ich gerade gesagt, Du Träumer."
Döppke: "Weißt Du was, esst Ihr erst und ich geh nach unten.
Bin mal in der Kneipe, die Kühlung kontrollieren. Ich mache ja
heute auch auf, das wird gefeiert und ich schaue mir Jupps
Wohnung an. Die sagen, sie wäre in einem schlechten Zustand.
Ich will mir das mal ansehen. Bruchbude, meinten sie. Da
wohne ich ja drin und melde mich morgen früh direkt an."

Helga: "Na Du, ich habe für Dich mitgekocht. Es gibt lecker
Rinderrouladen mit Kartoffeln und Rotkohl, wie früher von
Mutter…"

Döppke: "Das ist lieb, Danke. Aber ich muss jetzt erst die
ganzen Eindrücke verdauen. Ich kann es später ja noch essen
und Hotte wartet unten auf mich."

Helga: "Ja, ist ok, das verstehe ich doch und Du besserst Dich
ja mit der Ungeduld, so als Opa. Aber Opas müssen eben
kontrollieren und ich bin zwar keine Kneipengängerin, aber da
komme ich doch mit, na dann bis gleich!"

Döppke lacht.

Blende zum Jetzt

Horst = Hotte: "Ey, habt Ihr das da mitbekommen bei Eurer
Erzählerei und Kritzelei? Der Maschke hat sich gestellt. Er
habe seit 40 Jahren den alten Badjoske auf dem Gewissen und
das es nun raus muss."

Helga: "Ja, das ist doch klasse, nun bist Du offiziell
unschuldig!"

Döppke: "Nicht nur das, ich erkannte ihn nicht mit dem Rollatorending und dem Vollbart. Er fragte, ob ich mich noch hier hin trauen würde, nach dem, was war. Ich sagte nur, ich habe wenigstens das ruhige Gewissen, dass ich unschuldig bin. Darauf sagte er, wer er ist, schickte seine Enkelin los und ihr kommt alle, um mich zu begrüßen und er rollte weg.
Ich bin unschuldig, frei, habe eine Bleibe und die Kneipe. Dazu das Startkapital von Jupp und so war es...........
Hotte, wir schauen uns mal Jupps Wohnung an, es soll eine Bruchbude sein, was Du meinst."

Hotte: "Ja, klar machen wir."

Hannah: "Und jetzt wird erstmal ein Foto gemacht, das erste Bild der kompletten Familie. Onkel Hotte, machst Du das?"

Hotte: "Hömma, ist der Papst katholisch? Geb her, das Dingen!"

Döppke: "Moment mal, ich dachte, das wäre ein Telefon???"

Luisa: "Mensch Opa, Du musst ja noch ne Menge lernen!"

Alle lachen.

Döppke: "Ja, da hast Du Recht.
Da hast du Recht, aber genug für heute.... Kommt in die Kneipe und Du Prinzessin auch mal als Sondererlaubnis!"

Kapitel 2 Döppke und die moderne Zeit

Im Ruhrpott steht die Sonne, also der Lorenz, wieder hoch. Alles freut sich auf das Wochenende und wer nicht gerade im Stadion ist, der geht in die Kneipe zum Fußball schauen. Außer er sitzt zu Hause und hat das Bezahl-TV, was natürlich verpönt ist bei manchen. Wir schwenken mal zur Kneipe, die ich, Döppke, praktisch vererbt bekommen habe, durch einen Zufall. Ich kam nach 40 Jahren aus dem Knast, wo ich unschuldig gesessen hatte durch einen richterlichen Fehlentscheid. Der wahre Täter hat alles nach 40 Jahren zugegeben. In der für mich neuen Welt kam es noch besser. Ich lernte am selben Tag meine Tochter und meine Enkelin kennen. Nun musste ich meine Wohnung, die zur Kneipe gehört, erstmal renovieren und teilsanieren. Dabei bekomme ich von Horst, genannt Hotte, meinem alten Kumpel aus Kindertagen, Unterstützung und meine Tochter Hannah ist auch mit Begeisterung dabei, was für mich nicht einfach ist, da ich mich erstmal in der neuen Welt wieder zurecht finden muss.

Döppke: "Mensch, ich muss das erst lernen, ich kenne doch nur den Quellekatalog."

Horst: "Das lernste schnell, bist doch ganz fit, wenne Dich in na neuen Situation zurecht findest. Denk mal dran, dass Du an einem Tag entlassen wurdest, Deine Liebe wieder gesehen hast und direkt Opa und Vater geworden bist. Das haste doch auch überstanden, Du Vogel."

Döppke: "Hast recht, Hotte, das muss ich schaffen. Also, nochmal www. Und jetzt?"

Hotte: "baumichfit.de allet zusamm jeschriebn, aussa Punkt dat bleibt als Satzzeichen, ist 2 Tasten hinterm M."

Döppke: "Jau, da hab ich das doch."

Schon war die Seite offen und man konnte sich die ganze Vielfalt des Heimwerkens aussuchen und auch andere Seiten gehen da auf.

Döppke: "Ker hömma, Hotte, gibt es die Frauen auch dazu und die blaue Pille?"

Horst: "Ker, da haste doch alles, watte brauchst. Ker, da Fliesen, Farbe, allet da und dat kannse Dich mal locker leisten. Hömma, die Kneipe läuft fast wie vor 20 Jahren, goldene Zeit und Werbung für die Seiten ab 18 ignorierst Du am Besten, sonst haste da noch nen Virus drin und kennst den Laptop zum Profi geben."

Döppke: "Virus? Kann das Ding auch krank werden? Und da hilft dann nur ein profi?"

Hotte: "Ja, sicher, dat frisst Dir dann die Festplatte kaputt und Du kommst nich mehr anne Daten oder die spionieren Deine Passwörter und schlimmstenfalls Deine Kontodaten usw. aus. Dat ist böse, also döppen auf, Döppke. Aber hier schau mal, dat sind sale Sachen, also Sondaangebote, da kannse sparen, auch wenne ja Geld hast."

Döppke: "Horst, ich weiß, dass ich hier gut einnehme, aber ich bin kein Proll, ich will nichts übermäßiges. Ich hatte 40 Jahre auf 20 m² gelebt, also will ich da jetzt nix Großes, die 50 m² hier sind schon zu viel für mich. Ich bin froh, wenn ich hier mal rüber kann und die Kneipe aufmacht."

Hotte: "Jau, dat kann ich dann doch noch vastehen und komm langsam mal inne Pötte, wir können aufschließen, wir haben gleich 9."

Döppke: "Was?? So spät schon, die Zeit vergeht ha schnell mit dem Ding. Komm, mach Du die Rollo hoch, ich mache den Strom an und dann mach die Tür auf bzw. schließ nur auf, dass die Affenhitze draußen bleibt. Es sind ja jetzt schon fast 30 Grad."

Gesagt, getan, sie machten die Kneipe salonfähig und schon kamen die ersten Leute, unter anderem auch seine Tochter.

Hannah: "Hallo, Morgen. Na alles gut?"

Horst: "Na, imma, wene da bist, Kurze!"

Hannah: "Na, Du sowieso, Onkel Horst!"

Döppke: "Na, alles ok? Wie geht es der Kleinen?"

Hannah: Ja, alles super, die freut sich schon auf das Schwimmen, nachher nach dem Spiel."

Horst: "Na, sei froh, dat die auch Fußballfan is und dat ihr dat allet nix ausmacht, aba dat hat se von Ihrem Opa geerbt, durch und durch Pottblach. Wat macht der Frank?"

Hannah: "Der ist auf Schicht, aber kommt auch nachher, der macht eher Feierabend, der will doch auch sehen, wie Hoeneß seine Bauern einen vorn Arsch bekommt."

Döppke grinst: "Na, das hört man gerne, egal, ob Schwarz Gelb Blau, Weiß Rot Grün oder Pink, alles ist vereint gegen Bayern, das hat sich nicht geändert."

Horst: "Dat wird es sich auch nie!"

Döppke: "Na, eins ist stabil, alle gegen Bayern oder alle für die Nationale, aber naja die Fotos da mit dem Özil, das hat der Mannschaft das Genick gebrochen, auch mit dem Jogi, das war zu viel alles."

Hannah: "Ja, der hätte zurücktreten sollen, achso, hier ist Post für Dich, hat mir Klaus gegeben."

Döppke: "Klaus, wer ist das denn?"

Horst: "Dat is der Postbote, den kennste ja noch nicht. Der ist vom anderen Ufer, aber trotzddem ein klasse Kerl, hat mir vor 2 Wochen geholfen, als mein Rad nicht mehr wollte. Der hat gemerkt, dat die Kette nicht gut war und ich kam ja nicht runter wegen dem Hexenschuss.
Der hat das Rad hinten ein Stück nach hinten gezogen und zack, war die Kette stramm und schon lief das wieder.
Kerl, hab ich den gedrückt. Der war überrumpelt, aber is mir scheißegal gewesen."

Hannah: "Na, dann ist es gut, er ist ja auch ein Fachmann mit Rädern, hat das auch mal gelernt, aber hatte keine Lust mehr."

Döppke: "Das ist ja was. Hier steht, ich bekomme eine Wiedergutmachung für die 40 Jahre, die ich fälschlicherweise einsitzen musste.
So viele Punkte nach einem Komma sind echt selten, hier schaut mal."

Horst: "Ja leck mich anne Füße, du kannst daraus ja zwei Häuser mit Pool kaufen."

Hannah: " Puh, na, das sind ja Zahlen, aber für 40 Jahre Freiheit ein geringer Trost."

Döppke: "Stimmt, das kann mir keiner wiedergeben, aber somit sicher ich der Kurzen das Studium und werde immer, was in der Hinterhand haben und ihr könnt was erben, wenn ich mal die Augen zu mache."

Hannah: "Ey, das hat aber noch mindestens 50 Jahre Zeit."

Döppke: "Nee, das nicht, dann würde ich Euch ja alle überleben vielleicht, das will ich auch nicht, so alleine. Das hatte ich lange genug, so komm mal, das Fernsehn anwerfen."

Horst: "Genau, ich geh mal zu mir und zieh mein Trikot an, dann komme ich wieder und helfe Dir, die Fässer anzuschließen."

Döppke: "Habe ich schon alles gemacht und schon unten zwei parat gestellt, für alle Fälle, die muss ich nur hoch holen und dann anschließen.

Hannah: "Papa, weißt Du was?"

Döppke: "Nein, was denn?"

Hannah: "Mama kommt auch nachher, sie will das Spiel auch hier sehen, nicht wie sonst von zu Hause."

Döppke: "Na das ist doch was. Früher kam sie auch nie hier hin, Dein Opa, also Ihr Vater hatte was dagegen. Bei ihm musste alles traditionell sein, Frauen durften keine Hosen tragen, nicht arbeiten und wenn doch, gab es ein Satz heißer Ohren, aber nur, wenn er zu voll oder zu nüchtern war."

Hannah: " Ja, das hatte mir Mama schon gesagt, da war Dein papa anders, ihn habe ich gemocht, aber jetzt schalte mal den Sender ein."

Döppke: "Du hast ihn ja noch kennengelernt und Deine Oma auch. Ich bin froh, Euch kennen gelernt zu haben. Kommen schon die Ersten, ich werde mal anzapfen gleich."

Hannah: "Ja, mach das mal. Ich hole mal die Knabbersachen und stelle die Schalen auf und befülle sie gleich."

Döppke: "Danke, dass Du mir hilfst. Ich bin ja so froh, dass Du nicht sagst, einem ehemaligen Knasti helfe ich nicht."

Hannah: " Na hörma, ich weiß doch, dass Du unschuldig drin warst und jetzt ist es auch bestätigt."

Döppke: "Trotzdem, es ist nicht selbstverständlich, und das alles hier ist ein Traum. Ich denke, wenn ich wach werde, das ich in der Zelle bin und dann mache ich vorsichtig die Augen auf und dann sehe ich im ersten Moment die Wände und auf den 2. Blick registriere ich, dass ich dann doch nicht mehr in der Zelle bin. Danach gehe ich ein paar Schritte und weiß, ich bin nicht in Haft, ich geh zum Fenster und schaue zu Euch rüber. Das ist die einzige Jalousie, die ich nicht runter mache."

Hannah: "Die geht ja auch nicht runter, die muss repariert werden, Papa."

Döppke: "Die wird auch nie repariert oder weg gemacht. Die bleibt, wie sie ist und immer, wenn ich zu Euch schaue, ist es der erste Blick des Tages und später der Letzte vor dem Schlafengehen."

Hannah: "Na, du bist ja romantisch, aber süß!"

Döppke: " Naja, ich habe da eben das Wichtigste und zwar Euch, so und nun machen wir mal alles bereit.   Moin Hannes!"

Hannes: " Moin Döppke, Na herzlichen Glückwunsch! Habe vanommen, datte nu offiziell freigesprochen wurdest. Samma nu iset doch ein neuet gutet Leebn und ich habe Späßken, hier schon mal 50 Euro, dann mach mal ein Herrengedeck!"

Döppke: "Danke, da fängst Du doch direkt gut an."

Hannes: "Na klar, immer her damit, bei der Scheißhitze draußen, dat soll bis auf 45 Grad hoch."

Döppke: " Nicht wirklich oder?"

Hannes: " Doch, aber am Abend soll dat dann auch scheppern vom Feinsten. Ich hoffe aba earst, wenn dat Spiel vorbei is und der Grill aus, wenne magst, bringt Dir mein Bengel nach wat vorbei, dann hasste auch wat zu Futtan."

Döppke: " Danke, dat ist lieb gemeint, aber…"

Hannah: "Vatta bekommt nachher was von Mutter, die hat lecker Schnitzel gemacht mit Bratkartoffeln."

Hannes: " Dat is nix gegen lecker Bauchfleisch und Nackensteak."

Döppke: "Weißte was, bring ruhig was vorbei, zur Not esse ich es als Abendbrot oder Morgen dann, verkommt dat nich."

Hannah: "Na, Du bist ja der Diplomat schlechthin, so hast Du was für Heute und Morgen, das passt ja alles."

Döppke: "Na ich will aber auch nicht zunehmen, ich habe mein Gewicht 40 Jahre gehalten, bis auf so 5 Kilo, das muss mir mal einer nachmachen."

Hannes: " Na Du hattest auch ein paar Umstände, die Dich mehr oder weniger gezwungen haben, denke ich mal."

Döppke: "Na, da hast Du auch wieder recht!"

Hannah:" So, alles ist aufgefüllt und ich habe hier noch was gefunden. Schau mal, willste dat da vorne aufhängen?"

Döppke: "Was ist denn das genau? Ach, ein altes Bild von früher.
Das ist ja die Siedlung, wie sie früher war. Da waren die Häuser gerade eingeweiht und da, das ist ja mein Vater und Dein Großvater mit meinem Großvater. Wo hast Du das denn gefunden?"

Hannah: "Unten in der Kiste, da neben den Packungen, Knabbersachen, die Großpackungen."

Döppke: "Da muss ich nachher mal stöbern. Hier wollte ich eh umdekorieren. Die eine Wand ist mir zu nackt."

Helga: "Wer ist hir nackt? Ihr seht doch alle gut aus im Trikot, außer Du, Du hast keins an."

Döppke: "Ja, ich habe noch keins, aber ich werde mal schauen, dass ich mir eins hole. Im Internet findest Du ja alles, Hotte zeigt mir gerade alles, wegen der Renovierung der Wohnung. Es ist nur schwer, sich da rein zu finden mit dem ganzen WWW und dann die Sachen."
Helga: "ach, das klappt schon, Du wirst sehen, das ist einfacher als Du denkst."

Hotte: "Recht haste, so nun soll mal schwatt Gelb gewinnen und dann kann der Hoeneß mal Weißwürste schlucken, biss er….."

Hannah: "Nee, Hotte, also dat wir der nich machen."

Hotte: "Stimmt, dafür hat er ja seine Lackaffen. Boa ist dat draußen ne Hitze, der Lorenz meint, dat so gut, dat ist schon fast zu gut."

Klaus: "Guten Tag miteinander."

Döppke: "Guten Tag, immer herein, hier ist es noch etwas besser als draußen. Was darf es sein?"

Klaus: "Ich hätte gerne ein Spezi!"

Hotte: "Ahh, Klaus, na Du Wemmser, alles fit. Hasse schon Feierabend?"

Klaus:"Nein, ich musste nur mal was trinken und meine Pulle ist pisswarm, das schmeckt nicht."

Döppke: "Ahh da, dann stellen Sie mal das Rad in den Hinterhof, geben Sie mir Ihre Flasche, ich packe sie mal ins

Gefrierfach. Da kann es auskühlen, wenn Sie ein paar Minuten haben, dann ist es wieder angenehm."

Hannah: "Lass mal, Klaus, ich mach das schon. Trink Dir mal was, nicht das Du noch einen Kreislaufkasper bekommst."

Helga: "Klaus, eine Frage: warst Du schon bei mir. Ich erwarte für ihn ein Päckchen mit einer Überraschung?"

Klaus: "Na klar, darum bin ich ja auch reingekommen. Ich will ihn doch auch kennen lernen, unsere Viertellegende, von ihm habe ich jetzt schon viel gehört."

Hannah: "So Klaus, habe Deine Mühle hinten geparkt und abgeschlossen, Deine Taschen und der Korb sind im Haus von Vatern."

Döppke: "Na dann mal her mit der Pulle, die muss kalt werden, ist ja unverantwortlich sowas und übrigens, ich bin der Dieter, aber kannst auch Döppke zu mir sagen, machen ja alle."

Klaus: "Sehr angenehm, ich bin Klaus, Ihr Postbote."

Döppke: "Na dann Prost, der geht auf mich, weil Du bei der Hitze viel leisten musst und das nicht einfach ist."

Klaus: "Danke, ich habe ein E-Bike, das geht dadurch gut."

Döppke: "Was ist das denn genau?"

Klaus: "Das ist ein Fahrrad mit elektronischem Hilfsmotor."

Hotte: "Dat is wie eine Mofa, Döppke, nur mit Elektro, also Batterien."

Döppke: "Ahh na trotzdem, es ist eine Menge und deshalb Prost, junger Mann, auf das der Bessere gewinnt."

So langsam füllte sich meine Kneipe und die Siedlung war wie immer vereint gegen München, wie vor 40 Jahren und da stört es auch nicht, dass manche Trikots Blau Weiß waren und anstelle von einer 09 eine 04 drauf hatten. Sowas findet man nur hier im Pott oder bei einer WM.

Klaus: "So, ich muss langsam weiter, jetzt ist Halbzeit. Ich hätte längst fertig sein müssen."

Döppke: "Kein Problem, hier die Pulle, die istz jetzt schon gefroren und ein kleiner Tipp: das habe ich unter Tage gelernt. Leg sie Nachts ins Gefrier, aber pass auf, dass sie nicht platzt, dann, wenn Du sie rausnimmst, wickele sie in Alupapier ein und Papier drum herum, aber weißes oder helles, dann bleibt die stundenlang kalt, wohl."

Klaus: "Ja danke, werde ich machen, bis Morgen und vielen Dank für die Spezi."

Helga: "Moment, Klaus, Du sollst mal die Überraschung miterleben."

Hotte: "So, da wir nun alle da sind, wollen wir unseren Döppke mal überraschen. Ich mach mal den Ton wech."

Hannah: "So also, wir haben ja gesehen, dass alles soweit stimmig ist."

Helga: "Ja, aber eins nicht, Du bist falsch gekleidet, mein Lieber, also hier, da haste wat."

Döppke: "Wie jetzt, was? Was ist denn Das und das ist für mich?"

Hannah: "ha nich lange fragen, aufmachen, Vatta."

Helga: "Na komm los getz!"

Ich machte das Geschenk total gerührt auf. Was ich fand, ließen mir die Tränen kommen. 2 Trikot vom BVB, eins was sie früher hatten von vor 40 Jahren und ein Aktuelles mit meinem Namen hinten drauf und die Nummer 40 hinten drauf als Symbol für die schwere Zeit, die ich durchgestanden hatte.

Döppke: "Meine Güte, das wäre doch nicht nötig gewesen. Das ist ja toll, mir kommen die Tränen. Kommt, eine Runde geht auf mich!"
Alle jubelten und nachdem ich genötigt wurde, das Trikot direkt anzuziehen, wurde ich noch mit Beifall belohnt.

Klaus: " Na Döppke, jetzt muss ich wirklich, es ist zwar ne Gluthitze draußen, aber ich muss, bis dann und viel Spaß noch."

Döppke: "Danke Klaus und danke Euch allenn. Das ist mal was wirklich Großes!"

Helga: "Na, komm, ist doch gut und Hotte, mach mal den ton an, es geht weiter. Ich hoffe, dass der Trainer denen in Arsch getreten hat und dat se jetzt ma Gas geben."

Hannah: "Mama, so kenn ich Dich ja gar nicht."

Helga: "Na da lernst Deine alte Lady mal neu kennen, wohl!"

Nachdem das Spiel mit einer guten 3:2 Verlängerung gewonnen wurde, war es gut und mein Trikot hatte Glück gebracht. Ich habe alle unterschreiben lassen, die noch da waren und nun wird das in Ehren bei jedem Spiel getragen.

Hotte: "So, nun ham wa gewonnen und dat Du mitgemacht hast, freut mich besonders."

Helga: "Na klar, jetzt wo mein Mann wieder da ist, kann ich das Leben genießen und mal selber inne Pinne gehen, Prost Hotte!"

Auf einmal gab es einen gewaltigen Knall, der alle erschrak und die Gläser erzittern ließ. Wir waren alle in Schockstarre. Als erstes sprang ich zur Türe und schaute raus.

Döppke: "Scheiße ist das Schwatt!"

Hotte: "Lass mal sehen, wat is denn los? Au ha, dat is nich gut. Ich lauf mal eben zu mir, Strom ausmachen, da braut sich was zusammen."

Döppke: "Ja mach das mal, besser also, alle, die die Fenster oder irgendwas offen haben, sollten die Fenster zu machen. Das sieht nach einem heftigen Unwetter aus."

Hannah: Mutter, bleib hier, ich renn schnell los und mach den Strom aus und die Fenster zu."

Helga: "Ja mach das mal, danke und hol die Kleine von der Nachbarin ab, die wird wohl schon Angst haben."

Döppke: "Die bring zu mir, wir gehen rüber in die Wohnung, ich lasse die Türe hier auf, falls sich noch jemand nach hier hin verirrt. Komm, wir machen das Fernsehn aus und das Radio an, Wetterbericht hören!"

Hannes: "Scheiße, ich wollt doch grillen, dat sollte doch earst heute Abend schäppan, vadammt. Nein dat schöne Bauchfleisch. Döppke, ich glaub, dat wird heute nix mehr, sorry."

Döppke: "Lass ma, ich habe doch mein Schnitzel mit Bratkartoffeln!"

Helga: "Mist, die habe ich bei mir vergessen. Ich rufe mal eben die Kurze an."

Döppke: " hier, nimm mein Telefon, ich hoffe, der Blitz haut nicht rein."

Helga: "Ach Quatsch, hier, ich habe mein Handy: Hömma, bring mal die Schnitzel mit und die Kartoffeln, die sind alle eingepackt in Alu im Kühlschrank!"

Döppke: "Na das ist ja gut, so kann man wirklich schnell handeln. So, Kasse stimmt auch, ich habe mal eben alles überschlagen."

Helga: "Komm Dieter, machen wir mal Deine Fenster zu, boah, is dat hier ne Hitze drin!"

Döppke: " Ja, ist normal, ich muss hier neue Fenster rein machen und dann ist es frischer. Ich streiche das noch weiß an und dann wird es sofort angenehmer."

Helga: "Ja, aber erstmal allet da haben. Wann willst den zum Baumarkt?"

Döppke: "Hotte hat mir hier das Online gezeigt. Dazu muss ich das Ding da hochmachen und anfahren…"

Helga: "Ey, Dieter, Du meinst anmachen und hochfahren, dann Online gehen und…."

Döppke: "Ja komm, ich kenne mich noch nicht mit den Fachbegriffen aus. Nun regnet es aber junge Hunde und Katzen und das donnert. Ruf mal unsere Tochter an, die soll mit der Kurzen drin bleiben, ich werde nicht verhungern und Du auch nicht."

Helga: "Ja komm, das mach ich eben mal schnell. Oh, sie ruft schon an …..Ja, richtig, bleib mal drinnen. Ich bleib bei papa bis es weniger wird. Allet klar, bis nahcher und beruhig mal die Kleine."

Döppke: "Meine Güte, das ist auch was, ich mache mal das Radio an. Oha, das ist nicht gut"

Wetterbericht: das Gewittertief Gernot ist aktuell mit 80 km/h unterwegs und eine Unwetterwarnung ist raus. Bleiben Sie, wenn es geht, im Haus oder Auto. Es kann noch schweren Sturm geben mit Hagelschlag, Bäume können entwurzelt werden. Halten Sie sich nicht im freien auf. Die Temperatur kann auf 28 Grad fallen, das wäre ein Temperatursturz von 8 Grad.

Helga: "Au hasse das gehört? So heiß war dat und die Luft wird auch nicht kühler. Hömma, da klopft doch wat!"

Döppke: "Ja, ich höre das auch, da ist jemand in der Kneipe, ich bim eben drüben."

Ich ging durch die Tür und die 2 Stufen hoch und schaue mich um, aber es war keiner zu sehen. Ich schaue vor die Tür und auch da war keiner, ich ging zurück und wir hörten wieder ein Klopfen.

Helga: "Hömma wat ist dat? Ist da einer im Keller unten?"

Döppke: "Nicht das ich wüsste, ich geh mal eben runter, bleib Du hier oben, wenn etwas ist, rufe ich!"

Helga: "Dieter, pass auf Dich auf, nicht dass da wer ist und Dir ein auffe Mütze gibt."

Döppke: "Das wagt keiner!"

Ich ging in den Keller, wo der Getränkeraum ist und suchte da alles ab. Glücklicherweise gab es kein Stromausfall durch Blitzschlag und da hörte ich wieder ein Klopfen, deutlich und lauter. Ich schaute nach, das war die Metallverschlagung, die vor dem Kellerfenster war. Da packte der Wind drunter und sie schlug gegen die Hauswand. Die Verankerung war durch den Sturm gebrochen. Ich schaute mich um und rief meiner Freundin oben zu. Ob sie oben etwas Draht sehen würde. Dann machte ich es provisorisch fest und Ruhe war. Natürlich war ich dabei nass geworden, aber es war ja nicht so, als hätte ich keine Klamotten. Da ich ja neue geholt hatte, nachdem ich hier angekommen war.

Helga: " Hömma Dieter, Du kannst die Klamotten ruhig auslassen. Es ist warm genug. Schließ die Kneipe ab, ich mache den Vorhang vor und dann machen wir es uns gemütlich, so wie früher. Wat hällste davon?"

"Döppke: " Na das können wir gerne machen, das regnet sich ja wohl ein und ich mach uns schnell gleich was zu essen und dann ist es gut. Kerzen habe ich sicher auch noch ein paar und…"

Helga: "Dieter, mach einfach ein paar Frikadunsen, dat reicht mir und mach schnell…"

Zuerst zögerte ich etwas, da unser letzter Abend doch sehr lange her war. Aber es war klasse, der Vorhang wurde nicht ohne Grund zugezogen und wir schliefen glücklich und erschöpft auf meinem Doppelsofa ein. Das Gewitter tobte sich draußen, genau so sehr aus, wie wir drinnen und dann schliefen wir Arm in Arm ein. Den Wecker hatte ich vergessen zu stellen. Als wir durch Geklopfe geweckt wurden und dieses Mal war es nicht der Fensterverschlag.

Hotte: "Hömma, Döppke, ey mach auf, Döppke, Biste nich da oda wat ist hier los?"
Fenster wurde aufgerissen!

Helga: "Ey, hömma Hotte, wat gibbet denn? Ker, wie spät is dat denn?"

Hotte: " Wat machst Du denn hier und wo is Dieter? Wir haben gleich 10!"

Döppke: "Wat is dat gleich? Boa, ham wa vapennt. Aber das war es wert!" –lachend.

Helga: "Ja die Nacht war aber auch mal was nötig. Hömma, 40 Jahre nachgeholt, aber glaub mir, fertig sind wa noch nicht!" – Lachend

Hotte: "Ähm samma, ich will dat gar nich wissen, wat Ihr da gemacht habt, aba is Euch ma wat aufgefalln?"

Döppke: "Ja, et gewittert nicht mehr, Mutter und es ist so ruhig, aber immer noch schwül heiß!"

Hotte. 2Ja und wir haben alle kein Strom. Der Blitz is heute Nacht wohl im Verteila gedonnat."

Döppke: "Ach du Scheiße, ich schau mal, was meine Kühl- und Gefriersachen machen."

Mutter: "Ooh klar, dat die Kurze mich nichtanrufen konnte, mein Handy is aus und der Akku platt."

Döppke: "Also hier is noch allet gut kalt und es taut auch nix. Ich komm mal raus."

Ich war schon an der offenen Tür, als….

Helga: "Dieter, zieh Dich mal an oda willste im Adamskostüm raus?"

Hotte: "Boa Dieter, Du Wemmser, ja zieh Dich mal ne Buxe anne Fott, soviel Leid und Elend am Morgen."

Döppke: " Oh Mist, habta Recht, daran habe ich gar nicht gedacht.

Klaus: "Morgen zusammen, Oh Döppke, is dat die neue Mode? Na mich stört es nicht!"

Helga: "Dat is mir klar, Klaus, Dich kann et nich warm genuch sein, was?" Lach.

Klaus: "Stimmt und der Tipp hat geholfen, Döppke."

Döppke: "Moment Klaus, hiergeblieben. Du musst noch was unterschreiben. Warst gestern auch dabei. Ich zieh mir nur eben schnell meine Hose an."

Hotte: "Ja, besser ist das. Auch wenn es schon wieder schwül is wie Sau."

Klaus: "Nicht nur das. Dass soll Heute wieder knallen."

Döppke: " Hier einmal aufs Trikot und mach, wo Du willst."

Klaus: "Na, das ist mal ne Ehre, dann mache ich das doch mal hier an der Seite, da ist noch was frei!"

Helga: "Na schau Klaus, erst lernste meinen Kerl kennen, dann siehste ihn nackt und darfst noch was auf dem Trikot hinterlassen, wenn dat nich mal ne Sache ist." Lachend.

Klaus: " Ja, das stimmt, so schnell war ich noch nie bei nem Mann!" – Lachend

Döppke: "Wieso das denn? Achja, Du bist doch schwul, ne? Na, ist ja auch ok, da sagt keiner was gegen, aber so schnell siehst Du mich sicher nicht wieder nackt."

Klaus: "Ach ich bin im Dienst und habe es eilig, da schaue ich nicht so hin im Normalfall."

Helga: "Wat is hier schon normal im Pott?"

Hotte: "Dat stimmt und sobald der Strom wieda am Laufen ist, geht es an den Laptop und dann darfste wieder meckern."

Döppke: "Ich hoffe, der Strom bleibt noch ne Weile wech." Nachdem wir alle herzhaft lachten, macht sich Klaus wieder auf den Weg. Meine Freundin und ich aßen Frikadellen mit Hotte. Irgendwann kam Hannes an und meinte: Alle zu mir, jetzt musste nicht am Tressen stehen, jetzt wird gegrillt und das taten wir auch. Ich genoss es….

Klaus: "Boa, Leute mir läuft die Suppe am Arsch runter, ich hoffe, dat es bald etwas kühler wird."

Hotte: Hömma Klaus, dat ist doch gutes Training für Dich, Ihr Schwule sollt doch Körperbewusst sein und so."

Klaus: "Na das stimmt so nicht, das sind manche, aber nicht alle. Es sind ja auch nicht allet Schalke Fans oder BVB Fans und es mag ja auch nicht jeder Pommes und Currywurst."

Hannes: "Da hat dat Kläuschen Recht, komm her, hast auch was zu spachteln, vom Grillchef persönlich."

Hotte: "Auu merkste wat? Schau ma, der Strom ist wieder da. So Döppke, getz bisste nachher fällig mitte Internet."

Helga: "Hotte, da schau ich auch mal mit und helfe meinem Männe mal, wenna da Probleme hat."

Hannes: Na dann mal Glück auf und Prost!"

Alle: "Glück auf!"

Helga: " so getz wird dat dann mal wohl ernst mitte Bude."

Hotte: "Na wenichstens isset keine Bruchbude, wie der Vogel meinte. Der Jupp hatte die Bude doch ganz im Schuss gehalten und nur, weil die da ihre ollen Sachen gelagert haben, is dat ne Bruchbude."

Döppke: "Na die haben ja alle Sachen mitgenommen und das Einzige wirklich kaputte, ist die Jalousie, aber die kommt weg und da kommt auch keine andere hin."

Helga: "Wat? Warum datten nicht?"

Döppke: "Ganz einfach, mein erster Blick ist zu Euch und mein letzter vorm Schlafen auch. Dann geht es mir gut, mir ist der Raum schon zu groß."

Hotte: "Ja ich weiß, aber Du bist frei und nicht mehr auf 20 m². Jetzt darfst Du durchatmen."

Döppke: "Ja, ich weiß, meine Freiheit genießen und so weiter."

Helga: " Genau und das wirst Du auch nun mal machen und wie gesagt, es ist keine Bruchbude. Die Vergitterung im Keller ist auch nicht mehr modern, das wird weg gemacht und Sicherheitsglas rein und gut."

Döppke: "Und in der Kneipe kommen Bilder und Trikots, Schilder und so an die Wand. Da muss auch etwas verschönert werden. Hannah hat unten eine Kiste mit Sachen gefunden und da schaue ich mal rein und dann werden wir mal sehen, was wir nehmen."

Helga: "Da ist doch klasse, mal sehen, das wir dann aufarbeiten können und streichen wollze die Kneipe ja auch noch von außen."

Döppke: "Das stimmt, das wird eine große Aufgabe."

Hannes: "Ach, da packen wir alle mit an und dann geht das doch schnell, ich war doch Maler."

Hannah: Hallo alle zusammen, schaut mal, wen ich mitgebracht habe!"

Luisa: "Oppaaa!"

Helga; "Ahh, die Zaubermaus ist da, na wo haste denn Deinen Papa gelassen?"

Hannah: "Der kommt gleich und bringt was mit."

Döppke: "Na dann lerne ich ihn ja auch mal kennen, der war ja im Ausland aufe Schicht."

Hannah: "Eben und wie war es bei Dir mit Deiner Meldung im Bürgerbüro. Haste da schon Bescheid bekommen, dass Du hier wohnst?"

Döppke: "Ne, noch nichts oder Klaus?"

Klaus: " Bisher habe ich nichts im Verteilerkasten gefunden, aber ich denke, die brauchen wieder lange dafür."

Luisa: "Paaapaaaaaaaaaa!"

Marc: "Hallo, alle zusammen!"

Hannah: " Hier Vattan, das ist mein Mann, das ist Marc."

Döppke: "Freut mich, ich bin Dieter oder Döppke, wie Du magst."

Helga: "dat ist Vattan oder Schwiegervatta, ganz einfach."

Hotte: "Na haste Deine Versetzung auch durch oder musste noch waren?"

Helga: "Was? Versetzung? Wohin das denn, Pusemuckel oder?"

Marc: "Ne, nach hier und meine erste Amtshandlung war heute, das Hier, ich durfte Leute registrieren und als Neubürger an- und ummelden. Herzlichen Glückwunsch, Du wohnst nun offiziell wieder hier, Vattan."

Hannah: "Na das passt doch wieder und das durftest Du so mitnehmen?"

Marc: "Ja, das ist doch gestempelt und alles und somit offiziell und nebenbei habe ich so der Stadt auch noch etwas Geld gespart. Da ich es selber zugestellt habe!"

Klaus: "Und mich machst Du arbeitslos, was?"

Döppke: " Na, das ist doch klasse. Nun ist alles soweit gut und offiziell. Ich bin wieder da, wo ich hingehöre!"

Björn Maschke: "Nabend die Herrn und Döppke!"

Hannes: "Björn, was willst Du hier, Stunk gibt es hier nicht."

Hotte: "Genau, Dein Alter hat sich gestellt und darf nun auch einwandern, wenn er Pech hat!"

Björn Maschke: "Ihr seit mal ruhig! Döppke, kommen Sie mal mit, wir haben was zu klären!"

Döppke: "Lasst ihn, ich gehe, passt mir auf meine Familie auf und besonders die Kurze."

Gehen ein paar Meter.

Döppke: "Also, guten Tag erstmal, ich bin Dieter Döppke!"

Björn Maschke: "Geschenk, ich bin Antons Sohn und Sie haben meinem Vater also ins Gewissen geredet, was? Passen Sie mal auf, ich weiß nicht, was los war, damals und ich will es auch nicht im Detail wissen, aber wenn mein Vater in den bau muss, dann ist hier Krieg. Der Mann ist alt und kaputt. Er hat nicht mehr lange, wissen Sie und ich werde ein Auge auf Sie....."

Marc: "Maschke, hören Sie mir mal zu, wenn es um Ihren Vater geht, der hat sich ja nicht ohne Grund gestellt und wenn Sie meinen, meinem Schwiegervater drohen zu müssen, sind wir ganz schnell mit der Polizei da und dieses Mal dauert es keine 40 Jahre, das verspreche ich Ihnen."

Björn Maschke: "Na, wenn Sie es sagen, junger Mann, ich rate Ihnen eins, geht mein vater in den Bau. Dann sind Sie aber fällig, ich sage nur Wiederholungstäter Döppke und dieses Mal kommen sie lebenslang."

Döppke: "Eure Mischpoke kann nur drohen und kriminell sein, das war bei Euch immer so und ich lasse mich nicht einschüchtern, weder von Ihnen noch von wen anders und jetzt bitte ich Sie, mir aus den Augen zu treten. Sie haben sich soeben verdächtig gemacht, wenn etwas passieren sollte, haben Sie sich als Verdächtiger empfohlen."

Hannah: "Pass mal auf, Maschke, Sie können eh nichts anders und außerdem haben wir etwas Schönes, das interessant ist, sie wissen schon, was WhatsApp ist oder?"

Björn Maschke: "Verzieh Dich, Püppchen, pass auf Dein Balg auf, dass die Kröte nicht in ne Pfütze fällt und ertrinkt und ich bin nicht hinterm Mond."

Döppke: Stehen Sie überhaupt zu Ihrem Wort oder sind Sie wie Ihr Vater in jungen Jahren? Sind Sie auch ein Mensch, der andere einfahren lässt und dann lacht? Haben Sie wenigstens Ehre, wenn ja wiederholen Sie es doch noch mal für alle.
Björn Maschke: "Döppke, ich mache Euch fertig, das sage ich auch laut, so dass es alle mitbekommen, auch Ihre tollen Freunde da am Grill."

Marc: "Danke, das reicht jetzt, packen Sie unsere Tochter an, ist was los und nochmals Danke, dass Sie uns ihre Worte da gelegt haben, ich weise Sie daraufhin, dass ich es aufgenommen habe und es nun dahinten gespeichert ist."

Klaus: "Ok, nun haben wir es gehört und nun dürfen Sie gehen, Herr Maschke!"

Björn: "Du Obertucke hast mir nichts zu sagen und das war zuviel. Ich habe keine Genehmigung gegeben."

Döppke: "Ich würde jetzt vorschlagen, Sie ziehen Leine, es ist ja alles gesagt, oder?"

Björn Maschke: "Verlasst Euch drauf, Ihr werdet nicht mehr froh!"

Hotte: "Ey Björn, vapiss Dich jetzt, Du hast doch nur gesoffen, also hau ab, wir haben jetzt alle Deine ADHS-Show mitbekommen und fertig ist. Sonst bekommst Du von mir eins auf den Buckel, verstehst?"

Auf einmal fährt ein Polizeiauto durch die Siedlung auf alle zu.

Hannes: "Oha, jetzt geht es gleich rund!"

Helga: "Ohja, das glaube ich auch, ich hoffe, die behalten alle die Nerven!"

Polizist: "Guten Tag, wir sind gerufen worden und wollten mal fragen, was Sache ist´! Außerdem ist es sehr warm und wir wollen uns nicht unnötig anstrengen."

Björn Maschke: "Die haben mich bedroht und mich, ohne meine Erlaubnis aufgenommen und erpressen mich damit. Ich will gehen, Döppke und alle da, eine Anzeige erstellen, der hat mein Vater halb auf dem Gewissen."

Marc: "Ne, so ist es nicht, andersrum wird ein Schuh draus!"

Klaus: "Genau, wir haben es alle mitbekommen, der Herr Maschke hat Stunk gemacht!"

Polizist: "Aha, also mal wieder das Übliche und Döppke, Sie sind also der Mann, der 40 Jahre unschuldig einsitzen musste?" Mein Großvater war damals der Polizist, der Sie mitgenommen hatte. Er meinte immer, das man gesehen hat, dass Sie von nichts wussten und man hat sich für Sie stark gemacht. Wie auch jetzt, aber wir kennen ja unsere Kandidaten hier, aber jetzt ist es ja etwas anders. Haben Sie ihn wirklich aufgenommen, ungefragt?"

Döppke: "So, Herr Maschke junior, jetzt stehen Sie mal zu Ihrem Wort und wiederholen es alles nochmal, bitte!"

Marc: "Wir haben es als Tonaufnahme, er hat meine Familie bedroht und auch die Gesundheit meines Schwiegervaters und dazu noch den Herrn Postboten beleidigt als Obertucke, ich denke, das reicht auch oder müssen wir es vorspielen?"

Björn Maschke: "Ihr habt es doch nicht anders verdient, Ihr Pack, meinen alten Vater so fertig zu machen, dass er für den da lügt, diesen Mörder."

Helga: "So, jetzt reicht es aber. Hier hören Sie es sich an und mein Dieter ist unschuldig und freigesprochen, ob es nun dem Maschke Clan gefällt oder nicht, getz ist Feierabend mit dem Gespucke, er hat es gerade zugegeben und…."

Polizist 2: "Jetzt ist Ruhe hier und wir haben genug gehört. Jetzt erteile ich Herrn Maschke einen Platzverweis. Bis Morgen haben Sie hier nicht mehr rumzulaufen und andere zu bedrohen oder zu belästigen. Herrn Döppke, samt Freunde und Familie, machen Sie sich nen Schönen und wir fahren weiter. Ich schwitz mich kaputt hier!"

Hannah: "Danke, dass Sie uns geholfen haben, die Maschkes können doch nur das Eine!"

Polizist: "Ja, eine Problematik ist bereits bekannt, also schönen Tag noch!"

Döppke: "Danke, Ihnen auch und Hannah, jetzt mal ehrlich, was kann das Ding da noch alles? Bilder machen, telefonieren, Tonbandgerät, Internetz, Videos ist das nun ein Telefon oder ein Computer?"

Hannah: " alles zusammen!"

Döppke: "Na für mich zuviel, also los geht es, in Frieden, aber darum.

Bis zum nächsten Mal, Euer Döppke, da wird es überigens wieder lustig und spannend."

Kapitel 3 Döppkes Weihnachten

Es ist Weihnachten im Ruhrgebiet, alle freuen sich da auf das Fest der Liebe und der Familie. Für mich wird es das erste Familienweihnachten seit 40 Jahren, denn ich wurde zu Unrecht verurteilt und war ebenso lange hinter Gittern. Im Sommer habe ich dann meinen ersten Tag in Freiheit verbringen dürfen. Ich habe am selben Tag meine Liebste wiedergetroffen und ich bin nicht nur Kneipenbesitzer, sondern auch Vater und Großvater geworden. Zusammen mit meinen Freunden und meiner Familie darf ich nun Weihnachten verbringen und das zum ersten Mal. Aber ganz so einfach ist es nicht, wie man sich das vorstellt. Wir schwenken mal rüber in meine Kneipe, wo Horst, genannt Hotte und ich uns unterhalten.

Hotte: "Mensch, Döppke, mach nich so'n Gesicht. Es ist doch bald Weihnachten und glaub mir, das wird nicht so schwer."

Döppke: "Ach Hotte, hast du eine Ahnung. Ich weiß doch nix über meine Tochter und meine Enkelin. Die kenne ich doch erst seit 6 Monaten. Ich habe zwar immer gelauscht, um etwas zu finden, was die sich wünschen, aber meinst du, ich finde das Passende?"

Hotte: "Na klar, frag doch einfach direkt oder sag drei Sachen dürft ihr euch wünschen und eine bekommt ihr davon oder so. Das ist doch gut oder nicht?"

Döppke: "Ja, klar das ist ok, aber dann ist die Überraschung auch dahin. Ich werde mal mein Schatz fragen, vielleicht hilft sie mir. Morgen bestellen wir für die Kneipe mal einen Weihnachtsbaum, so einen, der von selber leuchtet. Ich habe das mal gesehen, das passt hier gut rein, so als Blickfang."

Hotte: "Döppke, das machen wir und du musst mir nur den Passenden raussuchen und in ein paar Tagen hast du es. Kennst das doch schon von der Renovierung."

Döppke: " Hör bloß auf, ich hätte mich da fast verklickt und ich hätte ein paar Sachen zuviel gehabt, Du hilfst mir mit diesem Klapputer da und dem weitweiten Netzgedöhns."

Hotte: "Pass auf, da haste dich auch verklickt, ob dat Absicht war oder nicht, aber wir haben ja die Katastrophe noch verhindert und konnten das wieder zurücksenden. Die haben es ja eingesehen."

Döppke: "Ja, das war mein Glück. Was soll ich auch mit dem Zeug?"

Helga: "Tach mein Männe. Na alles senkrecht? Samma wat schauste denn so geknickt?"

Hotte: "Der weiß nicht, was er euch zu Weihnachten schenken soll, besonders nicht der Hannah und der ganz Kurzen!"

Döppke: "Ach Mensch Horst, musst du das sagen?"

Hotte: "Ja klar, damit dir deine Perle des Tages und der Nacht in den Arsch tritt und du mal wieder besser draufkommst. Dat kann ja keiner mehr mit ansehen."

Doch damit nicht genug, als sich ein Besucher ankündigt mit dem niemand rechnete. Aber Dieter Döppke hatte vorgesorgt, nachdem er die Kneipe übernommen hatte.

Weinsener: "Guten Tag, mein Name ist Franz Weinsener, vom Ordnungsamt. Ich hätte gerne den Herrn Dieter Döppke gesprochen. Wer ist das?"

Döppke: "Hier, das bin ich, Dieter Döppke."

Hotte: "Um was geht es denn genau erstmal?"

Weinsener: "Ich wüsste nicht, was es Sie angeht, denn das ist eine private Sache zwischen Herrn Döppke und mir. Ich bitte Sie und Ihre Begleitung diese Kaschemme zu verlassen:"

Döppke: "Moment, wir sind hier in meinen vier Räumen und hier bestimme ganz allein ich, wer hier verweilen darf und mein bester Freund und meine Verlobte dürfen und werden hier bleiben. Nun sagen Sie bitte, was Sie hier wünsche!"

Weinsener: "Ja gut also, uns ist zu Ohren gekommen, dass Sie hier Getränke, sowie Essen anbieten, sprich eine gastronomische Einrichtung führen und das schwarz, sprich ohne eine Lizenzierung und das werde ich nun nachprüfen."

Hotte: "Moment, erstmal möchte ich Ihren Ausweis sehen, dann werde ich mal bei Ihrem Verein anrufen und nachfragen, ob es Sie überhaupt gibt und dann…"

Weisener: "Dann gibt es erstmal nichts, denn ich kann mir nicht vorstellen, dass Sie hier etwas zu melden haben und jetzt verhalten Sie sich still, sonst lasse ich Sie von der Polizei entfernen und solange ist diese ….Kneipe…stillgelegt. Also beherrschen Sie sich, Ich schreibe mir mal eben die genauen Sachen auf, also Aufmüpfigkeit, keine sichtbaren Feuerlöscher,

Notausgang nicht vorhanden, Fenster vergittert. Also, das wird nichts, wenn Sie mich fragen."

Helga: " So, nun langt es aber. Ich weiß nicht, wer Sie hier hinbeordert hat, aber ich glaube nicht, dass Sie wissen, was Sie hier machen dürfen und was nicht. Mein Verlobter besitzt eine Schanklizenz und der Feuerlöscher ist neben Ihnen an der Tür. Sie müssen nur Ihren Körper etwas zur Seite neigen und dann sehen Sie ihn!"

Döppke: "Moment, guter Mann, hier ist meine Schanklizenz, beantragt, bekommen und offiziell beglaubigt mit allem Schnick und Schnack. Die Gitter kann man abnehmen, der Fluchtweg ist hinten um die Ecke, das Schild finden Sie da!"
In der Zwischenzeit hat Hotte die Polizei verständigt und diese rückt auch promt an.

Polizist .: "Guten Tag, mein Name ist Brune Polizei. Was haben wir hier?"

Weisener: "JA, ich schließe hiermit die Kneipe, Weisener vom Ordnungsamt. Es liegt nur eine Fälschung einer Schanzlizenz vor, die Fluchtwege sind nicht einsehbar und allgemein ist das hier ein Rattennest in meinen Augen!"

Hotte: "Ey jetzt is aba mal Schicht hier woll!"

Helga: "Mensch Hotte, zügel dich!"

Döppke: "Herr Wachmeister, bitte kontrollieren Sie diesen Mann, ob er überhaupt vom Ordnungsamt und ein Kontrolleur ist!"

Polizist: Brune "Na klar doch, das sieht mir doch alles rechtens aus, urgemütlich, sauber, was will man mehr!"
Also 33. für die Zentrale: " Ich bitte Sie mal einen Herrn Weisener zu kontrollieren, angeblich von den Kollegen vom Ordnungsamt und der macht hier Anklagen ohne Ende. Schicken Sie bitte auch mal den Herrn Tegoski her. Ja alles klar, Adresse ist bekannt. Ok. Danke. So und nun möchte ich erstmal Sie bitten, sich zu beruhigen und bitte mal vor allen den Personalausweis, ich möchte ja wissen, mit wem ich es hier zu tun habe."

Helga: "Habe ich nicht da, muss ich holen, ich wohne da schräg gegenüber."

Hotte: Das geht mir genauso, nur ein Haus weiter."

Döppke:"Moment, ich gehe meinen mal eben holen durch den nicht vorhandenen Fluchtweg, der vor meiner Wohnung endet, neben der Tür nach draußen."

Gerade in diesem Moment, wo Döppke durch die Tür und in den kleinen Flur zu seiner Wohnung ging, ergriff der Ordnungsmann Weisener die Flucht bzw. er versuchte es, aber Hotte hatte Lunte gerochen und sprang mit seinen geschmeidigen 120 kg hinter ihm her. Der Polizist rannte auch hinter den Beiden her. Helga schrie vor Schreck und Döppke sprang aus der Tür zurück in den Flur und prallte gegen Herrn Weisener, der prompt zu Boden ging und Döppke gleich dazu. Hotte schmiss sich Döppke in den Weg, dass er nicht gegen den Tresen oder den Barhocker knallte. Alles schrie durcheinander. In diesem Moment meldete sich die Zentrale über Funk!

Zentrale für 33: "Wir haben hier alles durchsucht und es gibt keinen Weisener beim Ordnungsamt bei uns, auch nicht bei der Lebensmittelkontrolle."

Polizist.: "Das dachte ich mir schon. Wir hatten gerade einen Fluchtversuch. Bitte um Verstärkung, schnell!"

Zentrale: "Tegoski ist unterwegs. Wir schicken noch die Steife 39 zur Unterstützung."

Polizist: "Danke Zentrale, Tegoski ist schon da!"

In diesem Moment kam der Ordnungsamtmitarbeiter Tegoski in die Kneipe und sprang zu dem Getümmel.

Hotte: "Komm her du Vogel, nix mit flüchten!"

Döppke: "Du haust nicht ab und Hotte, ich habe ihn, Helf ihm mal hoch an der anderen Seite!"

Döppke und Hotte hievten den falschen Ordnungsamt-Mitarbeiter hoch und der Polizist legte ihm direkt die Handschellen an. Zeitgleich stürmten die beiden Polizisten aus dem Wagen 39 durch die Tür.

Polizist: Zentrale Unterstützung ist eingetroffen. Wir machen jetzt eine große Personalkontrolle."

Zentrale: "Verstanden. Ende!"

Polizist: "so, die Späßchen sind jetzt vorbei. Alle Personalien auf den Tisch, sonst nehme ich sie alle fest und wir ermitteln die Personaldaten auf der Dienststelle. Also keine Faxen mehr. Kollegen – nehmt den hier fest. Herr Tegoski – kennen Sie den Mann?"

Tegoski: " Nein diesen Mann habe ich noch nie gesehen und die Uniform ist keine von uns. Sie sieht unserer nur sehr ähnlich, aber wenn ich schon mal hier bin, kann ich mich, wenn keiner etwas dagegen hat, etwas umsehen!"

Hotte: " Tun Sie das. Ich hole derweil mein Perso."

Helga: "Ich muss auch erst meinen holen."

Polizist: "Kollegen, einer geht mit ihm und einer geht mit ihr. Ich will hier keine Faxen mehr sehen, auch wenn ich nicht glaube, dass Fluchtgefahr besteht."

Döppke: "Und ich habe es auch nicht weit, ich hole ihn, nächste Tür. Bringen Sie den falschen Beamten erstmal weg. Herr Tegoski ist ja noch da, der passt auf, dass ich nicht flüchte, denn das habe ich eh nicht vor."

Tegoski:" Das sieht alles recht gut aus. Hier alles sauber, Fluchtweg ist ausgeschildert. Was ist mit den Gittern an der Fenstern?"

Döppke: " Die kann man von Innen lösen und rausnehmen, sehen Sie so!"

Er machte das Fenster auf, hob das Gitter an und nahm es aus der Verankerung.

Döppke: "Sehen Sie, ist ganz einfach und schon kann man im Notfall auch hierüber flüchten und das geht mit jedem Fenster so. ich kann es Ihnen gerne zeigen, wenn Sie es möchten und Sie können es auch selbst versuchen. Es ist nicht schwer, sodass es jeder aufbekommt."

Tegoski: "Ja, lassen Sie mich das mal machen……. Das ist wirklich sehr einfach und auch nicht schwer. Sehr vorbildlich. Dann nehme ich gleich mal ein paar Proben. Wie oft wird die Zapfanlage gereinigt und wie ist die Temperatur?"

Döppke: " 2 mal wöchentlich und 4 Grad Plus. Ich kann sie gerne auch mehrfach reinigen lassen, wenn Sie es mir empfehlen!"

Tegoski: "Das klingt ganz gut. Werden auch Speisen gereicht und haben Sie auch eine Kühlung oder so etwas?"

Döppke: "Klar Frikadellen gibt es auch. Der Kühlschrank ist hier unter der Stufe und da können Sie auch schauen – 4 Grad und wenn mal wie letztens der Strom ausfällt, hält es noch lange kalt. Ich habe zur Not auch ein Stromgenerator im Hof, den kann ich anwerfen und dann habe ich Strom und kann alles weiterhin kühlen."

Tegoski: " Dann haben Sie auch ein Gesundheitszeugnis und eine Schanklizenz?"

Döppke: "Na klar, hier im Save, da ist alles Wichtige drin, Moment."

Döppke gab die Kombination ein, der Safe klickte und er konnte die Tür öffnen. Er zog die Zettel heraus und übergab sie dem echten Ordnungsamt-Mitarbeiter.

Tegoski: " Ja, das sieht aktuell aus und auch das Erweitere alles. Haben Sie auch einen Waffenschein und eine Waffenbesitzkarte?"

Döppke stutzte.

Döppke: " Äh nein, weder Waffe, noch Waffenbesitzkarte. Warum sollte ich das dann auch?"

Tegoski: " Na wenn mal jemand Ärger macht oder Sie überfallen will, sollte man in der heutigen Zeit auf sich achten. Denken Sie nicht?"

Döppke: "Na, dafür habe ich ja meinen Freund Horst, der ist ja auch immre da zur Kneipenzeit. Der fängt jeden mit vollem Körpereinsatz. Der war erstAufm Püttdann Einzelhandelskaufmann und Schlosser, dann Türsteher und jetzt Frührentner, aber er ist, wenn es danach geht, nie außer Dienst gewesen."

Tegoski: "Na ja, ich würde es mir überlegen. Aber wenn ich mich nicht irre, wurden Sie schon mal bei uns ein paar Mal erwähnt. Deshalb achten Sie auf sich, Einige gönnen Ihnen das Glück nicht und ich persönlich kenne Ihre Geschichte auch. Ich bin froh, wenn ich nicht in der Haut eines Richters stecke, besonders einen, der Mist gebaut hat. Aber hier ist so alles in Ordnung. Sie dürfen öffnen und weitermachen."

Hotte: "So nun wissen Sie, wer ich bin und jetzt zur Sache. Also Herr Ordnungsamtsleiter oder wat auch immer Sie da für einen Posten haben, der Döppke hier, der hat den Laden top in Schuss, 2 mal die Woche kommt der Zapfanlagenreiniger. Die Fenstergitter sind top, das können Sie gerne testen, die haben Sie locker raus, das kann jeder, der mindestens einen Arm hat!"

Tegoski: "Ja, das weiß ich schon und meine Meinung steht fest. Da gibt es nix dran zu rütteln. Also wie gesagt!"

Helga: "So nun aber mal Butter bei den Fischkes hier. Wer wollte meinem Mann das Geschäft versauen, rausrücken damit! War das die Maschke Sippe wieder? Die sollten Sie mal überprüfen, das Rattenpack!"

Döppke: "Liebes, beruhig dich. Der werte Herr vom Ordnungsamt wollte gerade etwas verkünden und ist nun zum 2ten Mal unterbrochen worden. Wir sind ja nicht unhöflich hier, als Herr Tegoski, bitte fahren Sie fort!"

Tegoski: "Hmm, also jetzt, wo ich es mir so überlege, wir haben knappe 12 Grad draußen und ich habe Durst. Könnte ich bitte ein Wasser bekommen?"

Hotte: "Na, nur wenn Sie jetzt sagen, was ambach ist!"

Gerade setzte Herr Tegoski an und wollte etwas sagen, als der Polizist. reinkam.

Polizist: "So, es hat sich nun alles aufgeklärt. Er hat alles gestanden und der Fall ist somit erledigt. Die Personenkontrolle hat nichts Weiteres ergeben, außer die -

Personalien von Ihnen, Herr Döppke, die müsste ich noch kontrollieren und dann ist es gut."

Tegoski: " Oh Mann, entweder macht die Kneipe einen sprachlos oder die Leute!"

Döppke und Tegoski lachten, alle anderen schauten sich sprachlos an. Döppke gab seinen Personalausweis dem Polizisten und er fragte schnell ab. Als er hörte, dass Döppke 40 Jahre zu Unrecht in Gewahrsam war, wurde er ganz still und meinte nur – ok, alles klar hier."

Tegoski: "So ohne Unterbrechung – ich habe meine feste Meinung gebildet und …. "   Er hielt für einen Moment inne, nahm einen großen Schluck und sagte: "..Die Kneipe ist hiermit geöffnet, ohne Beanstandungen. So nun konnte ich erstmalig was am Stück sagen. Also Prost!"

Helga: "Na endlich mal was Gutes hier. Also Schatz, mach mal ne Runde, klar geht auf ….!"

Tegoski: "Moment, die geht auf mich sogar, denn ich bin seit 2 Minuten im Feierabend!"

Polizist : "Ich bin dann mal mein Päckchen ausliefern. Sie bestehen ja auf eine Anzeige?"

Döppke: " ja sicher!"

Tegoski: "Ich auch, Amtsmissbrauch von Titeln. Da kommt was zusammen, also Abmasch in die JVA von mir aus!"

Hotte: "Schade eigentlich!"

Tegoski: "was denn?"

Hotte: "ich hätte ihn gerne etwas in die Mangel genommen, um rauszufinden, wer ihn beauftragt hat und ich kann ihn auch nicht anzeigen!"

Helga: "Komm Hotte, das bekommen wir sicher irgendwann zu hören, spätestens, wenn die Post vom Gericht oder irgendwas kommt!"

Döppke: "Solange ich nicht wieder eingebuchtet werde, geht es. Ich betrete keinen Gerichtssaal mehr in meinem Leben."

Tegoski: "Nun Herr Döppke, das müssen Sie in diesem Fall, aber diesmal nicht alleine. Ich werde dabei sein, ebenso Ihre Freunde hier und evtl. auch der freundliche Polizist von eben und das können Sie mir glauben, ich gebe auf Sie acht, Sie wissen sogar, dass Sie nicht schuld sind, also kann Ihnen keiner was!"

Döppke: "Das sagen Sie. Ich träume immer noch von damals, als ich unschuldig verurteilt wurde und wie der Richter damals sagte, sowas wie Sie gehört auf den Stuhl, keiner wird Ihnen glauben, einem alten Mann zu töten wegen ein paar DM:"

Döppke zitterte und Tränen liefen ihm die Wangen herunter. Helga sprang zu ihm und tröstete ihn.

Helga: " Hörr mal, das ist doch nun ganz was anderes. Wie der Ordnungsamtmann sagt, du bist Ankläger und nichts anderes. Wir sind Zeugen und da ist dann ja auch noch der unsichtbare 3te."

Döppke: "Ja klar, das habe ich ja ganz vergessen, das hat ja Hannah und Helga angebracht, Herr Tegoski, Moment, rennen Sie nicht weg!"

Tegoski: "Hatte ich noch nicht vor, mein Glas ist erst halb leer."

Döppke rannte los, um seinen ungeliebten Laptop zu holen.

Döppke: "So, aufklappen, anmachen, den Strom anschließen, Passwort eingeben und jetzt auf ..Ähm..ja nun auf das Computerdingens gehen. So mal eben die Karte aus der Kamera ziehen und ja, nun ist hier alles drauf auf dieser Skatkarte!"

Hotte: "Fast richtig!"

Helga: "Und nun? Wo kommt die SMARTKARTE rein?"

Döppke: "Moment, die kommt hier rein!"

Döppke drückt das >Laufwerk für CD's und DVD's auf.

Döppke: "Oh nee, doch nicht, also dann hier. Nee, das ist der Kabelanschluss und dann....ach Hotte, wo kommt das Scheißding denn nun rein?"

Tegoski: "Da vorne, die Schablone reindrücken, rausziehen und dann die Speicherkarte reinstecken bis es klickt."

Döppke: " Ah Danke, ich kenne mich noch nicht so aus."

Helga: "Ja, aber besser bist du schon geworden!"

Döppke: "So und nun Mediumplayer an und da kann man es sehen. Mal vorspulen und da ist es, die ganze Sequenz zu sehen. Schauen Sie, da ist der falsche 50er und da ist Hotte und so weiter."

Tegoski: "Ja, gut zu sehen. Das kann man als Beweis evtl. ja durchgehen lassen. Man erkennt ja alle!"

Hotte: "Mann, sehe ich fett aus!"

Helga: "Mensch Hotte, dat hat allet Geld gekostet und ehrlich bezahlt, also ist dat allet gut wie et is."

Döppke: "Na besser Glatze als gar keine Haare!"

Tegoski: "Denken Sie immer dran, polierte Platte ist eine wertvolle Sache im Münzhandel!"

Alle lachten!

Hotte: "Mensch, Herr Tegoski, Sie sind ja ein Knaller!"

Helga: "Tja Privat und Dienst ist Schnaps und Wasser! Hotte, dat kennse noch vom Pütt."

Tegoski: "Tja, jetzt bin ich eben Mensch und darf mir einen trinken, gleich bestell ich mir ein Taxi mit 2 Fahrern und dann ab nach Hause, so einfach ist es nicht mit Alkohol ans Steuer zu müssen."

Döppke: "Ja, das machen Sie richtig und ich hoffe, dass es hier nun endlich alles zur Ruhe kommt. Es macht ja langsam keinen

Spaß, immer angezeigt oder angegriffen zu werden und so weiter. Das geht an die Substanz. Ich habe zwar vieles früher erlebt, aber es ist dennoch immer schwer."

Tegoski: "Das glaube ich Ihnen, Döppke. 40 Jahre sind kein Pappenstiel, Hut ab!"

Hotte: "Ja, der Dieter hat ne Menge durch und ich hoffe auch, dass jetzt mal langsam Ende ist mit der ganzen Scheiße, die gegen ihn verzapft wird. Schuldigung wegen meiner Wortwahl, aber ist doch so!"

Helga: "Na Hotte, ich denke, alle sehen es wie du. Achso Schatz, wollen wir die Kneipe dekorieren wegen Weihnachten? Ich meine, unten im Keller wären ein paar Sachen!"

Hotte: "Ja habe ich gesehen, komm, ich hole die Sachen mal rauf, ma sehn, wat da so dabei is!"

Tegoski: "Döppke, Sie haben das Herz am rechten Fleck und ich werde mal vermehrt ein Auge auf alles haben und mit meinem Bruder sprechen. Der ist beim LKA, der wird mal auf die Leute achten, die wiederum auf Sie achten. Ich denke, das wird helfen!"

Hotte: "So, da ist die Kiste mit dem Kram!"

Döppke: "Oh, Danke Ihnen, Herr Tegoski, das wäre sehr schön…Ähm Horst, stell sie mal auf den Tisch da, dann kümmern wir uns nachher da drum. Wir haben Kundschaft und das hier geht aufs Haus!"

Tegoski: "Ich danke Ihnen, aber nehme es nicht an, ist eben Berufsehre wegen Bestechlichkeit!"

Helga: "Na das verstehen wir doch."

Tegoski: Zeigen Sie mal her, was so in der Kiste ist. Das sieht ja recht alt aus, nicht dass da etwas bei ist mit Elektrik, das kaputt gehen kann oder die Kniepe anzündet. Den Fall hatten wir schon ein paar Mal. Oha, die Lichterketten sind sicher 30 Jahre alt, die sollten Sie austauschen. Nur als Empfehlung!"

Hotte: "Die sind sogar noch älter, auch die anderen Sachen. Dieter, ich glaube, da muss nen Kahlschlag gemacht werden."

Helga: "Jau, dat kommt wech, das kommt an keinen Baum oder wat auch immer, die Kabel sind geflickt, das ist Wahnsinn, was der Vorbesitzer gemacht hat mit dem Zeug!"

Hotte: "Der hat damit Scheiße gemacht, ganz einfach!"

Döppke: "Ja, das sieht alles schlimm aus, also Elektrik neu, Kugeln und so bleiben und der Plastikbaum …Huch."

In diesem Moment, als Döppke den Baum hochhebt, fällt er auseinander.

Tegoski: "Ist auch im Eimer, tja der Zahn der Zeit, aber es gibt günstige Sachen, die von sich aus leuchten, mit und ohne Musik und wenn ich Ihnen das empfehlen darf, nehmen Sie LED Sachen. Die sind günstig, haben eine Zeitschaltuhr, da kann man Leuchtarten programmieren und das habe ich auch, ist also gut und günstig!"

Döppke: "Wie Leuchtarten? Gibt es da Unterschiede?"

Tegoski: "Ja mittlerweile gibt es Ketten mit Leuchtprogramme, die leuchten unterschiedlich und unterschiedlich schnell, auf langsam, flackernd oder gleichzeitig. Es gibt das in Weiß, warmweiß, Bernsteinfarbe, bunt und kaltweiß, aber ich bevorzuge Bernsteinfarbe oder warmweiß, das ist gemütlich!"

Döppke: " Na dann muss wohl wieder der Klapprechner ran, Hotte, du hast Arbeit!"

Helga: "Ne, die hast du und sag mal, willste nicht mal die Heizung anmachen? Es wird langsam schattig."

Döppke: " Klar, kann ich machen, so gleich müsste es warm werden."

Hotte: " Dieter meinste wirklich?"

Döppke: "Wieso nicht, bei mir in der Wohnung ist es auch warm, das wird doch alles zusammen gesteuert, einmal entlüften und dann müsste es warm werden."

Hotte: "Dieter, dat glaube ich jetzt nicht. Hat dir der Vorbesitzer nicht gesagt, dass die Heizung für die Kneipe kaputt war?"

Döppke: " Nee nix, davon weiß ich nichts!"

Tegoski: "Na dann werde ich doch mal weghöre." Lacht: "na das haben wir gleich!"

Herr Tegoski holte sein Handy raus und rief seinen Nachbarn an, der zufällig Gas-, Wasser-Installateur und Fachmann für Heizung und Schwimmbadtechnik war, an. Der hatte gerade nichts vor und kam persönlich vorbei.

Tegoski: " Oli, ich grüße dich. Schau dir mal die Heizung an, ob du da was machen kannst. Die Kneipe muss gemütlich sein, sonst schmeckt das Pils nicht!"

Oli: "Au, da ist ja nix mehr zu machen, die Therme ist durch bzw. die Sicherung und veraltet. Wollen Sie Geldsparen oder wollen sie, das es funktioniert, Herr Döppke?"

Döppke: "Am liebsten Beides, aber was schlagen Sie vor und wie lange dauert es?"

Oli: Ach 2 Stunden und die Kneipe ist warm. Das verspreche ich Ihnen, ich baue eine Stromspartherme ein und kontrolliere die Heizkörper. Dann wird das, es ist ja ne Gastherme und die ist schnell gemacht. Das Gas war eh abgeklemmt in dem Bereich hier und dann baue ich sie fix ein. Ist ja kein Hexenwerk!"

Hotte: "Na schau, da biste dann hoch modern und dat zu Weihnachten. Da kannste dann auch Strom sparen, der letzte Eigentümer hat ja allet runter gewirtschaftet, die Flachzange!"

Tegoski: "Ja, aber er hat alles sauber gehabt, auch wenn er keine Ahnung hatte. Leider muss man ihm das lassen, aber Privat und Geschäftlich sind zwei Paar Schuhe. Man kann geschäftlich das größte Arschloch sein, aber privat ist man Top, da kann man nichts machen oder umgekehrt. Aber mehr darf ich ja nicht sagen."

Hotte: "Da hammse Recht, Tegoski. Wat meinen Sie, sollte Döppke noch ne neue Leuchtreklame draußen anbringen. Die Idee hatte ich mal, weil da ist ja nix außer dat olle Schild 'Siedlungskneipe' und dat ist zwar noch gut in Schuss und so. Aber im Dunkeln könnte man doch mal war machen anne Beleuchtung oder?"

Tegoski: "Nun, man kann natürlich Lampen anbringen und das Schild anleuchten, dann muss da nur die Elektrik verlegt werden oder es gegen eine Neonleuchte austauschen. Aber in der heutigen Zeit sterben eh die Kneipen aus, außer in Siedlungen wie hier, die noch urwüchsig sind. Doch die Jugend trinkt lieber in Clubs, auf Patrys usw., was schade ist."

Hotte seufzt: "Ja, das stimmt, allet geht kaputt, auch wir irgendwann."

Döppke: "Na, nun ist es aber noch nicht soweit, erstmal ist Weihnachten und ich weiß noch nicht, was ich wem schenken soll!"

Helga: "Wat habe ich gehört? Du weißt immer noch nix? Na, das ist einfach, höre den Kindern zu, dann kannst Du alles erfahren oder lass die Kurze einen Wunschzettel schreiben für dat Christkind, ganz traditionell!"

Döppke: "Ja und was soll Hannah bekommen?"

Helga: "Ach die hat genug mit ihrem Kerl."

Tegoski: "Um mich mal einzuhängen. Heut zu Tage kann man gerne Gutscheine verschenken, ist zwar etwas unpersönlich, aber man kann die Dinger in kleinere Geschenke verpacken -

wie eine CD oder Blu-ray-Disc Hülle und da kann man wenig falsch machen. Das habe ich letztes Jahr gemacht, mein Enkel sammelt diese Minecraft Figuren und so. Da habe ich ihm en Bild ausgedruckt und ein Gutschein dazu gelegt, der hat sich gefreut!"

Döppke: "Mine….WAS?"

Hotte: "Dat is ein Online Computerspiel, da kann man mit mehreren zusammen von zu Hause aus spielen."

Helga: "Hotte, du kennst dich mit allem aus, was?"

Hotte lacht: "Ja, aber nur nicht genug."

Tegoski: "Man muss sich nicht mit allem auskennen. Das kann sogar die Bundeskanzlerin nicht und auch nicht der Pabst oder sonst wer. Das Wichtigste ist, man versteht etwas von seinem Handwerk und mehr muss nicht sein. Alles andere ist eine Zugabe, die man nutzen kann, wenn man sie braucht. Aber wenn man sich nicht sicher ist, dann Finger weg oder es erlernen, deswegen musste ich auch Restaurants schließen oder Hobbyelektriker vom Netz nehmen. Die wollten auch mal ein altes Fachwerkhaus modernisieren, alles neu verkabeln und so. Nur da hatte er das Problem, der Kumpel hatte sein Beruf zum Hobby gemacht und nicht umgekehrt. Der hatte die Elektrikerprüfung nicht geschafft, aber hat sauber und Top gearbeitet und bei der Endabnahme kam plötzlich Rauch aus dem Sicherungskasten, weil er ein Kabel zu kurz gehalten hatte und das hat dann geschmurgelt. Gut, dass alles noch glimpflich abgegangen ist, das alte Gebäude wäre abgefackelt wie nix."

Döppke: "Na das wäre ein großes Unglück geworden. Ich glaube, ich sollte hier auch mal alles kontrollieren lassen, nicht das hier auch was kaputt geht."

Helga: "Ich glaube, das musste nicht, Dieter. Das wurde, meine ich, schon mal gemacht, nachdem der Ehemalige das übernommen hat."

Hotte: " naja wer weiß, was die hier gemacht haben."

Tegoski: "Ich weiß es und keine Angst, es ist alles Top, ich war bei der Abnahme dabei, weil ich auch die Kühlung kontrolliert hatte. Mein Schulfreund ist der Elektriker, der alles abnimmt. Der geht auch dieses jahr in Rente, genau wie ich. Wir kennen uns von der Berufsschule."

Döppke: "Na dann bin ich ja beruhigt. So ich mache mal das Radio an und etwas Musik. GEMA ist ja entrichtet."

Hotte: "Oder wir machen mal ein Mottoabend, so 30er, 50er, 70er oder so."

Tegoski: "Das geht immer und ich zahle nun und bestelle mir ein Taxi mit 2 Fahrern, dann bin auch ich auf der sicheren Seite!"

Döppke: "Alles klar und danke für alles!"

Tegoski: " Ich habe Ihnen zu danken, dass wir den falschen 50er dingfest machen konnten."

Döppke: "Und ich danke Ihnen und werde mal direkt dies Idioten Dinger bestellen."

Helga: " Ioden, nicht Idioten!"

Tegoski lacht.

Hotte: "Idioten brauchst du nicht bestellen, die laufen draußen genug herum, praktisch bei fast jeder Demo oder Wahl und das weltweit!"

Helga: "na Hotte, wir werden ja nicht politisch oder?"

Hotte: "Nur wenn das Bier zu warm und die Blase zu voll ist."

Oli: "So nun ist es fast geschafft. Die Heizungen machen einen Probelauf, der Boiler ist auch eingestellt, maximale Hitze 60 Grad intern und 35 Grad hier in der Kneipe, da dampft nix mehr und Sie können auch überall im Haus Wärme bekommen. Ich habe auch die abgeklemmte Leitung zum Wohnbereich kontrolliert, die muss nicht ausgetauscht werden. Die hatte man nur abgeklemmt, weil man wohl falsch sparen wollte und somit haben Sie im Wohnbereich auch Wärme, wenn alles isoliert ist und alles abgedichtet ist."

Hotte: "Ich dachte, die zur Wohnung würde laufen?"

Oli: "Ne, die war extra abgeklemmt. Die ist wohl auch nicht warm geworden, aber dafür scheint die Wohnung gut isoliert zu sein und die Kühlung gibt Wärme ab und das ist ja über den Fußboden im Wohnbereich, daher die Wärme. Das war damals schlau gemacht, muss ich schon sagen. Die Kühlung sollte -

auch mal kontrolliert werden, sie ist sehr alt, da könnten sich Mängel drin verstecken."

Tegoski: "Oli, ich danke dir, du bist hier der Feuerwehrmann, immer da, wenn es brennt."

Döppke: "Damit hätte ich nicht gerechnet. Was bekommen Sie dafür?"

Oli: "Erstmal ein Alkoholfreies und die Rechnung schreibe ich zu Hause. Wollen Sie die Online bekommen oder per Post?"

Döppke: "Per Post ist besser. Nachher lösche ich da was, dann ist es weg und ich muss Strafe bezahlen!"

Hotte: "Eben, dann lieber per Post und jetzt Prost!"

Oli: "Danke, dann mal ein schönes frisch Gezapftes!"

Hotte: "Hier bitte!"

Döppke: "Dann lassen wir sie auch so bald wie möglich prüfen. Sicher ist sicher, auch wenn ich an der alten Kühlung hänge, ich habe ihr alles zu verdanken!"

Helga: "Ja, dat wissen wir, aber wenn es neu gemacht sein muss, dann ist es eben so, da beißt die Maus keinen Faden ab."

Hotte: "Ja Dieter, dat is ein Neuanfang und zwar dann auch hier."

Tegoski: " Und eine Bereicherung, dann können Sie sagen, Sie sind mit einer der ältesten Kneipen, aber Top modern. Das hat keiner hier in der Stadt und vor allem in der Siedlung. Viele sparen am falschen Ende und auch das Zweitbeste würde gehen, aber so könnten Sie Fördergelder bekommen."

Oli: " Das wollte ich auch gerade sagen. Ökostrom und was weiß ich nicht alles. Sie sind dann ein Vorbild."

Döppke: "Ein tolles Vorbild, das sich denn mit so einem Klappcomputer, noch sonst etwas!"

Helga: "Mensch Dieter, das lernst Du schnell, täglicher Gebrauch und Wiederholungen, wie in der Schule"

Hotte: "Eben und ich trete dir in den Arsch, wenn du mal denkst, du kannst schludern, ganz einfach!"

Tegoski: "Sehen Sie, Döppke, das wird schon. Schönen Tag noch und Glück auf!"

Alle:"Glück auf!"

Hotte: "Der Tegoski gefällt mir, der hat was auf den Kasten!"

Oli: "Ja, der ist ausgefuchst, ich dachte auch, der wäre ein steifer alter Knochen, als ich bei ihm nebenan einzog, aber da irrte ich mich so. Was muss ich zahlen?"

Döppke: "Geht aufs Haus für die schnelle Hilfe!"

Oli: "Ich danke Ihnen und bin dann mal weg!"

Helga: "Tja, so ist das, nun wird es wirklich angenehm muggelich warm."

Döppke: "Ja, das war mal wieder aufregend. Ich dachte wirklich, der Typ wäre einer, der mir den Laden schließen könnte."

Helga: " Ja, der kam gut rüber!"

Hotte: "Aber nicht mit uns, da passen wir eben doppelt auf, ganz einfach. Ich kann mir denken, wer dahinter steckt und du kennst die Familie auch."

Döppke: " Meinst du wirklich?"

Hotte: "Na wer sonst, hömma, Du weißt doch, wer hier Dreck am Stecken hat und Dir nich mal den Dreck untere Fingernägel gönnt."

Döppke: "Na da hast du Recht, Horst, ich denke mal, das da noch mehr kommt. Apropo mehr, ich denke mal, das hier gleich mehr los sein wird."

Hotte: "Ja, da sachste wat, dann mal anzapfen und ich schmeiß den kaputten Kram wech, nicht dat versehentlich jemand dat anmacht und die Bude abfackelt."

Helga rennt Hotte hinterher zu den Mülltonnen im Hinterhof.

Helga: "Warte, Hotte, mach die Dinger kaputt, nimm nen Seitenschneider und knips es in kleine Stücke, dat braucht dann wirklich keiner mehr. Aber die alten Kugeln hier mit Glück auf und so drauf, die behalten wa und ich hab da ne Idee, da muss -

ich mal was deichseln, aber so das Dieter es nicht mitbekommt. Ich kenne den Michael, den Künstler, der macht doch die Kerzen mit Motiven, neben den Märchen auf Ruhrpottisch. Ich frage den mal, ob er Weihnachtskugeln bemalen oder bedrucken kann mit dem Motiv von der Kneipe und der alten Kolonie so als Weihnachtsüberraschung."

Hotte: "Ker Helga, dat is töfte, ja frach den Michael mal, der war ja auch Untertage früher, der macht auch ein Kinderbuch, der kann dat sicher."

Helga: "Ja, dan mach ich das mal nachher ohne das Dieter das mitbekommt und jetzt sortiere ich mal alles ein."

Hotte: Ja, mach das mal und ich mache auch alles kaputt und dann geht der Ernst los."

Währenddessen in der Kneipe.

Döppke: "So mal die CD anschmeißen mit Fussballliedern und so Stimmung, kann gleich losgehen."
Die Tür geht auf und eine junge Frau kommt herein.

Isa: "Moin, kann ich schon etwas zu trinken bekommen?"

Döppke: "Ja klar, dafür habe ich ja offen. Was darf es sein?"

Isa: "Ein alkoholfreies Pils bitte."

Döppke: "Gern, kommt sofort, ist frisch angezapft."

Isa: " Danke, wie lange haben Sie die Kneipe schon? Nich lange oder?"

Döppke: "Nein, etwas über ein halbes Jahr."

Isa: "Das dachte ich mir, da ich Sie beim letzten Mal, als ich hier war, nicht gesehen hatte."

Döppke: "Ja, ich habe sie praktisch geerbt vom Vorbesitzer."

Isa: "Ja, das ist ja cool, meinem Ex gehörte die Kneipe vor Ihnen. Er hatte kein Glück mit sowas."

Döppke: " Ja, das kann eben mal sein, das nicht alles so klappt im Leben, wie man es gerne hätte."

Isa: " Ja, das gehört dazu. Kommen gleich noch mehr oder sind wir die Einzigsten?"

In dem Moment kommt Helga.

Helga: "Ey Dieter, schau mal, die Kugeln behalten wir, aber die sind noch klasse. Ach nee, wer ist denn da, die Isa."

Isa: "Hey Helga, Sie hier?"

Helga: " Ja, meinem Mann gehört die Pinte jetzt und was machst Du hier?"

Isa: "Ich wollte mal sehen, wo mein Ex ist. Ob der hier noch herum vegetiert."

Helga: "Ne, der ist weg, seit 8 Monaten."

Isa: "Ich wusste gar nicht, dass Sie verheiratet sind."

Helga: "Sind wa auch noch nicht, aber wer weiß?"

Döppke: "Na das sind ja gute Argumente – 'Wer weiß?' . "

Helga: "Und wo wohnst Du jetzt?"

Isa: "Ich wohne bei meinem Eltern wieder, seit ich von Momo weg bin."

Helga: "Na dann ist es ja ok. Hauptsache ein Dach über dem Kopf."

Isa: "Das stimmt wohl, aber eine eigene Wohnung ist am Besten. Ich bin ja am Suchen."

Plötzlich stürmt Hotte herein.

Hotte: "Dieter, schnell ein paar Eiswürfel, aber flotti!"

Dieter kramt ohne zu fragen die Würfelform raus und wirft sie zu Hotte.

Helga: "Wat is denn, Hotte?"

Hotte: " Ich hab mir die Flosse geklemmt und dat zieht jetzt! Heidewitzka, da kommt Freude auf! Ach Kurze, hey, was machst du denn hier?"

Isa: "Onkel Horst, das ist klasse. Zeig mal die Hand her! Au, da musste zum Arzt mit, die ist ja Blau!"

Helga: "Au, das sieht ja böse aus!"

Döppke: "Krankenwagen holen? Oder?"

Isa: "Ich fahre ihn schnell, ist ja nicht weit. Der Doc wohnt um die Ecke, drei Straßen weiter!"

Hotte: "Ach Unsinn, dat wird gekühlt und gut!"

Helga: "Nix is, komm Jacke her, sind da seine Papiere drin?"

Hotte: "Klar, die habe ich immer bei mir, falls mal wat passiert, so wie jetzt!"

Döppke: "Na dann bring den Patienten mal weg, nicht dass was schlimmeres passiert.

Helga: "Hömma, schaffst dat alleine hier?"

Döppke lachend: "Na klar, ist doch meine Kneipe!"

Helga: " Ja gut, dann mal bis gleich!"

Nachdem Helga und Isa mit dem mosernden Horst verschwunden waren, machte Döppke die Tür zum Hinterhof zu und schaute sich die Christbaumkugeln an.

Döppke: "Na, das sind ja ein paar Klassiker dabei, silbern und Glück auf, etwas verblasst, aber immer noch deutlich zu sehen. Ich stelle sie mal bei mir rein, dass die nicht kaputt gehen."

Döppke brachte sie in seine Wohnung, die ja nur eine Tür weiter ist. Inzwischen setzte etwas Schneefall ein und die Temperatur fiel auf 3 Grad.

Döppke: "Puh, frisch geworden. Ich mache mal die Fenster zu und nachher mal die Heizung an, steht ja nix davon, was brennen könnte. So und gleich ist Anpfiff. Ich hoffe nur, dass sich Horst nichts getan hat. So rein in die Kneipe und …OH hallo, habe gar nicht mitbekommen, dass jemand da ist. Was darf es sein?"

Christof Maschke: " Ein Pils bitte."

Döppke: "Kommt sofort!"

Christof Maschke: "Danke! Bin ich der Einzigste heute hier?"

Döppke: "Nur kurz, meine Frau ist mit meinem Kumpel zum Arzt, die kommen gleich wieder!"

Christof Maschke: "Ja, dann hoffen wir mal, dass es nicht schlimm ist!"

Döppke: "Ja, wird schon wieder."

Christof Maschke: "Ich will mit offenen Karten spielen, Herr Döppke. Ich bin Christof, der Jüngste vom alten Maschke und meine Sippe hat was gegen Sie. Aber das ist deren Problem, nicht meins. Mein Vater ist begnadigt worden, da er zu alt und zu krank ist für den Knast, er liegt im Sterben und ich denke, dass die Anderen etwas vor haben. Ich weiß aber nicht was."

Döppke ging der Puls, als er das hörte und nun wusste er, wer grinsend vor ihm sitzt, aber er ließ sich nichts anmerken.

Döppke: "Nun, für die Taten der Vergangenheit habe ich auch gebüßt, zwar nicht für meine, aber den Tod wünsche ich niemanden und es tut mir leid mit Ihrem Vater."

Christof Maschke: "Ach geschenkt, er hat uns alle geschlagen, wenn er besoffen war und meine Brüder kommen nach ihm. Ich bin der Einzige der anders ist, der sich gegen Ihn gestellt hat und schon mit 16 ausgezogen ist und sich etwas aufgebaut hat. Ich kann wenigstens überall ohne Hausverbot reingehen."

Döppke: "Das ist sehr gut und vernünftig!"

Christof Maschke: "Na ja, wenn man immer drauf angesprochen wird, ist es nicht einfach. Aber was soll es, wir können nichts für unsere Väter. Wir könne nbur etwas aus der Vergangenheit lernen. Ich habe ja nicht umsonst die ganzen Narben im Gesicht und am Körper, sie erinnern mich jedes Mal an meine Familie."

Döppke: "Ja, es ist nicht zu übersehen, aber Narben zeigen wirklich nur die Erinnerungen und sollten keine Verurteilungen sein!"

Christof Maschke: " Prost Herr Döppke!"

Döppke: "Prost und was meinst du, wie geht das Spiel aus?"

Christof Maschke: " Tödlicher Lungenkrebs im Endstadium, ich denke, ein paar Tage, außer der liebe Gott hat ein Einsehen!"

Döppke: "Ich meinte das Fußballspiel!"

Christof Maschke: " Achso, na ich denke 2 : 0 für Dortmund, sie sind in guter Form, ist ja auch das letzte Spiel in diesem Jahr!"

Döppke: " Da sagste was, ich habe mein Trikot gar nicht an, aber egal, macht nix, geht auch ohne!"

Christof Maschke: "Das gefällt mir, kein Extremfan und nicht abergläubig!"

Döppke: "Was soll es auch aus der Ferne bringen, die sehen mich nicht. Aber ich bin mit dem Herzen dabei und sie stehen da, nicht ich, die müssen in Form sein und bohlen. Ich zapfe, das reicht."

Christof Maschke: "Na dann hätte ich gerne noch eins!"

Döppke: "Kommt sofort. Ich habe mal ne Frage: hat dein Vater jemals etwas über mich erzählt?"

Christof Maschke: "Ja, ab und zu, immer wenn er besoffen war. Er hat von seinem größten Ding gesprochen und da fiel dann der Name Döppke und auch Helga, die ihn immer abgewiesen hat und auch, dass er den Hotte gerne mal hinter Gitter gebracht hätte. Aber leider gab es nie eine Gelegenheit, aber wie gesagt, immer wenn er voll war und danach hat er uns geschlagen, solange er es konnte, was mich aber ab den 15 nicht mehr störte. Mit 14 Jahren bin ich ausgerissen, man hat mich nie gesucht. Ich war ihm und den Brüdern egal, als wäre ich nur auf dem Papier und selbst da durchgestrichen. Aber es hat mir nicht geschadet, gut, ich bin kein Model geworden, aber ich habe wenigstens gearbeitet.

Döppke: " Das tut wirklich weh das zu hören, nicht das wegen mir, sondern deine Geschichte und dann hast du gearbeitet oder was hast du gemacht, um dich durch zuschlagen?"

Christof Maschke: " Ich bin ins Jugendheim gegangen und habe mich unter Betreuung stellen lassen, was mir gut half. Ich lernte das normale Leben kennen. Ich habe zwar kaum Freunde, da mein Name bekannt war, aber ich konnte meine Schulzeit nochmal richtig nachholen, habe auch freiwillig länger gemacht und dann bin ich Landschaftsgärtner geworden. Habe eine Familie gegründet und stehe im Leben, nicht so wie die anderen Drogen- und Alkohol-Abhängige. Ich habe auch nur gehört, was mit meinem Vater ist, da meine Frau im Krankenhaus arbeitet. Da es mein Vater ist, bin ich Angehöriger und bekomme Infos."

Döppke: " Ja das steht dir auch zu und nenn mich Döppke, das Herr lass weg!"

Christof Maschke: " Angenehm, Christof."

Die Kneipe füllte sich schlagartig mit einigen Leuten, die etwas zögerlich den Gast beobachten, da sie ihn kannten und sich wunderten, dass Döppke mit ihm redete. Als plötzlich Hotte mit Helga und Isa durch die Tür traten. Als Hotte Christof Maschke erkannte, lief er zur Hochform auf. Isa und Helga hielten ihn zurück.

Hotte: " Maschke, sach, wat willst du hier, welcher biste?"

Döppke: "Hotte, lass es, der tut keinem was, Die Gelegenheit hätte er 30 Minuten lang gehabt, bevor jemand anderes hier war. Komm rein und mach die Tür zu, ist kalt draußen."

Helga: " Hotte, halt dich zurück, denk an deine Hand!"

Isa: "Ja Onkel Hotte, zur Not regel ich das."

Hotte: "Was? Du regelst das! Wie denn?"

Isa: " Mit Charme und Vernunft."

Helga: " Tja, wir Frauen haben eben einen Bonus, den ihr nicht habt."

Christof: " Ich bin es, Christof Maschke, der Ausgestossene und ich wollte mal den Döppke kennen lernen, von dem mein alter Herr immer besoffen gepralt hat, bevor er uns geschlagen hat!"

Hotte: " Na das ist unschön, stimmt es, was ich gehört habe, dass dein Vater???"

Christof Maschke: "Ja, es stimmt, er liegt im Sterben, Lungenkrebs. Deswegen ist er auch nicht im Knast, aber ich habe schon zu Döppke gesagt, meine Sippe ist verpeilt, die wird sicher hier aufschlagen und Ärger machen. Die sind alle falsch abgebogen!"

Döppke: " Das wird kommen, aus Trauer wird Wut!"

Hotte: " Und daraus Hass!"

Helga: "Und dann geht hier die Post ab, wenn wir Pech haben!"

Christof Maschke: " Ich könnte dir was empfehlen, Döppke, was ich bei mir habe. Überwachungskameras Tag und Nacht, meine Familie haben auch versucht bei mir reinzukommen. 3 Meter hohen Zaun und trotzdem versucht, drüber zu steigen. Jetzt mit den Kameras kann ich jederzeit zugreifen und nachschauen."

Christof zeigte Döppke, Hotte, Helga und Isa auf seinem Handy die Kamerabilder live und dass er Warntöne einstellen kann und auch Tonübertragung hat und auch selber sprechen kann. Hotte war begeistert und seine anfängliche Wut ließ schrittweise nach je mehr Maschke jr. Ihm erzählte. Helga half Dieter beim Zapfen. Isa kümmerte sich um ihren Onkel. Das Spiel ging langsam zu Ende und die Dortmunder Elf siegte erwartungsgemäß. Draußen hatte sich eine Schneeschicht gebildet, was alle erfreute.

Isa: "So, ich werde dann mal wieder. Vielleicht komme ich jetzt mal öfters meinen Onkel besuchen."

Hotte: "Na das hoffe ich doch, Weihnachten ist ja bald!"

Helga: " Und verdursten wird hier keiner!"

Christof Maschke: "Und ich danke auch. Bezahlt habe ich ja schon und wie gesagt, ich kann beim Anbringen helfen, wenn Sie das machen möchten mit den Außenkameras und dann haben Sie mehr Sicherheit!"

Döppke: " Ja das stimmt. Ich werde es mir überlegen. Ich will ja nicht, dass ich hier nochmal böse Überraschungen erlebe. Du bist immer willkommen."

Christof Maschke: " Danke dir und Ihnen auch, Hotte, dass Sie mich nicht rausgeworfen haben!"

Hotte: " Geht ja auch schlecht mit der Hand. Aber wer keine Scheiße baut, darf auch bleiben und du hast genug durch. Do aber nun ist das Spiel vorbei."

Döppke: " Und ich weiß immer noch nicht, was ich Hannah und der Kurzen schenken kann, verdammt!"

Hotte: " Na du hast doch Tegoski gehört, was du machen kannst und zur Not frag Helga oder mach einen Gutschein!"

Christof Maschke: " Schenken Sie ihr doch ein paar Puppensachen oder, wenn sie ihre Lieblingsserien kennen, ein paar Figuren daraus. Kinder zeigen, was ihnen Spaß macht und wenn es etwas Gutes ist für eine Arbeit in der Schule fördern Sie es mit Puzzle oder mit Spiele, das kann ich als Vater empfehlen."

Döppke: " Ja, das kann ich machen!"

Helga: "Siehste Dieter, a hast du deine Antwort!"

Hotte: " Und wegen den Kameras, da werden wir schauen, wäre doch gelacht!"

Isa: "Aber noch hältst du dich zurück. Bis dann!"
Hotte: " Ja, das mache ich mal besser."

Einige Wochen vergingen. Die Kneipe schenkte noch ein paar Runden aus, aber um die Feiertage herum wird es ruhig und -

besinnlich. Wir schwenken mal rüber in die weihnachtliche Kneipe. Hotte, der wieder einsatzfähig war, mischte mit seinen fast 2 Metern kräftig mit.

Helga: " Mensch Horst, du brauchst ja wirklich fast keine Leiter, um die Sachen anzubringen."

Hotte: "Ja, klar, ich habe doch gesagt, das klappt. Du musst mich nur machen lassen."

Döppke lachend: " Nur Sachen, wo du dir die Finger nicht klemmen kannst. Das macht nun wer anders."

Hotte: " Ja, hahaha, mach dich mal drüber lustig, aber der Scheiß-Mülltonnendeckel vom Schiebedach. Der ist nun nicht mehr gefährlich. Den hab ich unschädlich gemacht!"

Helga: "Na dann, so morgen ist hier Familie- und Freunde-Feier und nun ist alles fertig!"

Döppke: "Und ich habe auch alle Geschenke und muss nicht wieder alleine in einer Zelle sitzen oder in einer Gemeinschaftsmesse teilnehmen. Ich bin frei!"

Hotte: "Ja hier kannst du machen, was du magst, ob Kirche oder Fernsehen!"

Helga: " Du machst erstmal hier noch den Strom an für das Bäumchen, ob die neuen LED-Dinger alles geben und dann sehe wir weiter. Geschmückt mit Girlanden ist ja allet und jetzt mach et an."

In dem Moment kommt Tegoski in die Kneipe.

Tegoski: "Glück auf und frohe Weihnachten miteinander. Ohh, aber Hallo, das sieht ja Klasse aus und auch Kameras habe ich gesehen, neue Lichtwerbung, fein, fein!"

Döppke: "Herr Tegoski, herzlich Willkommen. Ja, ich habe, wie Sie sehen, alles umgesetzt, auch die LED-Sachen werden gleich eingeschaltet."

Tegoski: " Da bin ich ja gespannt auf diese Premiere!"

Hotte: " Na ich auch, ob dat nu alles hält oder die Sicherungen rausfliegen und wir die halbe Kolonie lahmlegen."

Döppke: " Na dann mal los!"

Döppke schaltete die Steckerleiste an und es funkelten in der Kneipe viele kleine Lichter, mal bunt, mal warmweiß, mal schlicht und alles klappte. Alle jubelten und Döppke standen die Tränen in den Augen, so freute er sich auf das erste Weihnachtsfest in Freiheit. Seine Tochter mit Enkelin und Mann kamen zu ihm und alle freuten sich über die Geschenke. Eine ganz besondere Überraschung hatte Helga. Sie hatte Michael Göbel, den Ruhrpott-Poeten gefragt, ob er auch besondere Christbaumkugeln bemalen kann und er konnte. Nun übergab sie Dieter eine besondere Kugelreihe mit Motiven der alten Bilder von der Kolonie und der Kneipe, mit Bildern der Zeche, von ihr, ihm und den Kindern, Hotte und so weiter. Alle verbrachten eine ruhige Weihnachtszeit.
Ich wünsche euch allen auch eine gesunde Weihnachtszeit und einen guten Rutsch ins neue Jahr.

ENDE

Ich hoffe, diese Geschichten haben euch gefallen und wenn ja, lasst mal eine Bewertung da. Falls ihr dieses Buch auf Amazon gekauft habt, würde es mich tierisch freuen und ganz zum Schluss kommen natürlich die Danksagungen und zwar an...

die Kessi fürs Stunden lange lektorieren,

an das Engelchen, für dass sie immer für mich da ist, ebenso dem

Michael Göbel, der mir beim Realisieren übers Internet geholfen hat. Ohne seine Tipps wäre ich aber sowas von aufgeschmissen gewesen.

Dann noch meine Freunde und meiner Familie

und allen Leuten, die mir im Internet folgen, sei es auf Facebook, Instagram, Twitch oder YouTube. Ihr zeigt mir, dass ich

es richtig mache, wie ich es mache und wenn ihr Lob oder Kritik

habt. dann schreibt mir das ruhig. Ich will mich ja verbessern.

Bis dahin verbleibe ich euer Jack Tengo im Jahre 2022.